U0530233

夜明けのすべて

[日] 濑尾麻衣子 著

吕灵芝 译

拂晓的一切

人生虽然远比想象中残酷,却也在不经意之处充满救赎。

夜明けのすべて
拂晓的一切

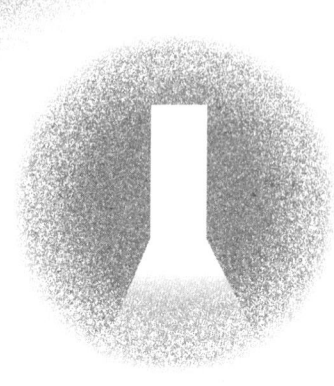

1

我在周围的人眼中，究竟是什么样的人？

认真、诚实，好像不太对。开朗、快乐，倒也不是。温柔、善解人意应该算，却又不太全面。我并非希望别人夸我能干，也不想要多高的地位和名誉。我明明没有什么欲望，却总是烦恼自己该如何处世。

来到栗田金属工作，已经三年了。这是一家只有六名员工的小公司，主要业务是面向五金建材店批发挡雨木窗、瓦片等建材，以及铁钉、铁丝等五金用具。

社长栗田先生今年六十八岁，可能因为年龄摆在那里，他任何时候都泰然自若，一点小事是难以撼动他的。跟我一起做行政的佳川女士虽然心直口快，但并无恶意，只是乐于助人罢了。其他员工都是六十岁上下的老爷爷：平西先生话多，总能逗笑大家；铃木先生虽然喜欢默默工作，但面相不凶，是个和蔼的人。上个月刚入职的男孩子，则是过分老实，显得有些呆板。在这样气氛和谐的公司工作，不可能发生被人讨厌或被人疏远的事情。

既然我都明白,那究竟在介意谁的目光呢?如果我有一个理想的自我形象,也许就不会这么累了。然而,我连那个都没有,却异常在意别人对自己的看法,做什么事都放不开手脚。最关键的是,我很厌烦这样的自己。

得抓紧时间了。

我趁着午休来到便利店,随便拿了两个饭团,走到收银台排队结账。社长和平西先生都吃夫人做的便当或囤在办公室里的泡面,住川女士每天给先生做便当,顺便也做自己的。我平时都在上班前买好,所以中午办公室基本上没有人出去。午休时间一个小时,做什么都行,不用在意任何人的目光。我心里明白,但还是觉得独自离开不好。我焦虑地排着队,突然心里一惊,不对,等等,我都来到便利店了,只买自己的东西回去会不会不好?公司一共才六名员工,是不是应该给大家也买点东西?他们刚吃完饭,就买点清淡小食吧。买什么好呢?我在狭小的店面里转了好几圈,最后往购物篮里添了几个泡芙,再次走到收银台排队结账。

"我回来了。"

"哦，回来啦。"

我打开门，平西先生和铃木先生吸溜着泡面跟我打了声招呼。办公室里充斥着泡面味和微波炉热饭的气味。

我也得快点吃饭了。我快步走到座位上，拆开了饭团。

"哎，美纱妹妹，你怎么买这么多？挺能吃啊。"

旁边的住川女士看着我的袋子说。

"啊，我买了点泡芙，打算跟大家分享来着。现在分可以吗？"

公司的女员工只有我和住川女士，光我一个人分吃的似乎有点僭越。于是我敞开口袋给住川女士看。

"哇，太好了，我正想吃点甜的呢。我去泡茶吧。"

住川女士站了起来。

"我去泡茶吧，住川姐你来分……"

"年轻女孩发点心，大叔们更高兴。美纱妹妹，你去分吧。"

接着，住川女士又笑着说："就我们俩喝红茶吧。"

"好呀，谢谢你。"

我低头道谢，接着开始分发点心。

除去一个月前入职的山添君，这里都是大叔。我知道只要一句"吃点甜的，换换心情"，就能让办公室的气氛更添几分和谐，但又担心那样可能会显得谄媚，只能短促地说一句"请用"，把点心放在他们的桌角。我很清楚没有人会在意我的言行举止。回到座位时，我已经对自己厌烦透了。

"不好意思，我不太饿。"

山添君把泡芙还了回来。

"啊？"

"我是说，我不想吃。"

"那你带回家吃吧。"

"我不太爱吃有很多奶油的东西。"

"哦，这样啊……"

那也可以带回去，不用还给我呀。我把山添君还回来的泡芙放进了便利店袋子里。

山添君刚入职，在这平静的职场中也显得格格不入。他上班到得比谁都晚，下班却走得比谁都积极。工作的时候不是嚼口香糖，就是含着糖果，也不主动跟前辈交流。打招呼的声音小，动作也迟钝。而且，大家共用的冰箱里还有好几瓶他带来的碳酸饮料。

他只比我小三岁，却让我接连感慨最近的年轻人怎么这样。

"哇，山添君你以前待的可是大公司，怎么跑我们这儿来了？"

一个月前，山添君来面试时，社长看着他的简历，惊讶地说道。

"呃，嗯。"

略显憔悴的山添君无力地挠了挠头。

"对了，藤泽小姐以前也在大企业工作过吧？莫非我们公司虽然规模超小，其实挺有口碑？"

社长问道。

"这……我也不清楚。"

我含糊地笑了笑。其实我从未听说过这个公司有什么口碑。

"可是山添君才二十五岁，真的好吗？"

三年前我来到这里时，栗田社长也问过同样的话。

"你应该没打算结婚吧。可是二十五岁还年轻，怎么说呢，到这儿来真的好吗？"

社长很不好意思地说完后，我鞠躬回答道："当然没问题，拜托您了。"

轮到山添君时，他可能太紧张了，只是点点头小声说："呃，是的。"

"山添君以前在咨询公司上班，不如你来提提建议，看看我们栗田金属今后该怎么发展吧。"

栗田社长当时开过一句玩笑,可是过了一个月,别说提建议,我甚至没见过山添君在工作上活跃的一面。

我正回想着一个月前的事情,突然听见"扑哧"一声。又来了。我瞥过去,山添君果然开了一瓶碳酸饮料。碳酸饮料漏气的响声好刺耳啊……嗯?我怎么会在意这种细小的声音?我看了一眼台历,十一月七日。莫非……

山添君喝了几口饮料,拧上瓶盖,然后顶着困顿的表情看起了桌上的文件。我决定不再关注他,尽快吃完自己的午饭。我刚咬了一口饭团,又听见"扑哧"一声。那不着调的声音害得我心跳突然加速了。

怎么回事,人家只是开个瓶盖而已,有什么大不了的。暂时没问题,离预期还有三天呢。我做了个深呼吸试图让自己冷静下来,可是下一次拧开瓶盖的声音,却让我全身汗毛直竖。

"能不能别喝碳酸饮料了?"

嘴巴不受控制地说话了。

"哦……"

山添君在隔了很远的座位上呆滞地点点头。

"那个声音好吵。"

我本来不必管山添君就好了，却控制不住喷涌而出的话语。冷静下来，冷静下来。现在还没到日子呢，应该会平复的，这种烦躁只是错觉。尽管我一直在安慰自己，却怎么也收不住那句"真的好讨厌"。

"哦……"

跟刚才一样的反应。山添君会困惑很正常，不过是开个碳酸饮料，他肯定想不到会引起我这么大的反应。我心里都明白，但烦躁还是水涨船高。

"少喝点饮料，赶紧工作如何？"

天哪，我怎么能说这种话呢？连我自己听了都毛骨悚然。还是算了吧，说别人怎么不看看自己呢？多丢人啊！现在停下还来得及。呃，怎么做来着？对了，意守丹田，想象自己的查克拉[1]……我尝试用瑜伽的方法来安抚自己，可是大坝一旦开闸，就很难关上了。

住川女士也安慰道：

---

[1] 查克拉：意为脉轮或气卦，在印度瑜伽的观念中，是指分布于人体各部位的能量中枢，尤其是指从尾骨到头顶排列于身体中轴者。——编者注

"好了好了，美纱妹妹，喝口茶喘喘气吧。"

可我还是加重了语气。

"我说的话有问题吗？"

不行，事已至此，我内心的烦躁必须彻底发泄出去才能平息。这明明是我自己的内心、我自己的身体，却不听我的使唤。

山添君似乎被我的气势惊呆了，随即可能想到离开火线是最好的选择，于是他小声对社长说：

"我去理货。"

说完，他就起身去了仓库。社长也答道："嗯，你去吧。"然而，我还是停不下来。

"等等，我话还没说完。"

如果不把对方逼到绝路，我的烦躁就不会消失。我一旦变成这样，就没有人能阻拦了。

"可是……"

不知为何，山添君停下了脚步。

"好了好了。山添君，你快去吧。"社长推了推山添君的后背。

住川女士在我桌上放了一杯茶。我知道大家都很为难，然而，我的心依旧被愤怒掌控着。

"干什么啊,搞得好像我有毛病一样。"

大家为什么要和稀泥呢?我还没说完,还有话要说。我正要迈出一步,突然脚下一软,从脚底升起一种熟悉的虚浮感,指尖失去了温度,脸颊却燥热无比。啊,来了,果然来了。

每二十五天到三十天发生一次的月经前两三天,我会变得无比烦躁。很多人都在来月经前出现情绪不稳定、头痛眩晕的症状,这些症状被诊断为严重的经前期综合征(PMS)。我也一样。有人会焦虑得睡不着觉,有人会浑身无力,还有人会陷入悲观的情绪,PMS的症状多种多样,我的症状则是毫无理由地发火,变得极具攻击性。发作时不管不顾,谁也拦不住,必须把愤怒全部发泄干净才能恢复正常。

我当然去看过医生,也做了医生推荐的几乎所有措施。由于我父亲患有血栓症,在医生的劝阻下,我没能服用短效避孕药[1]。

---

[1] 短效避孕药:指妈富隆、优思明等药物,是目前使用范围最广、安全性最高的女性避孕产品。通常连续服用二十一天,然后停药七天,或连续服用二十八天不停药,形成退行性出血,以此为一个周期。已查明的副作用包括血栓,故不推荐有血栓症家族史的女性服用。此类药物还有调节月经的功效。在日本,短效避孕药是处方药,需要医生开具处方才能购买。——译者注

但我积极服用中药和营养剂,还去打太极,做瑜伽和普拉提。除此之外,我也尝试过针灸、正骨。在书上读到食品添加剂和农药会导致自律神经紊乱,我又吃起了有机食品。营养均衡的饮食、优质的睡眠和适量运动,这些我都做到了。为此,我的皮肤变得很好,体质也越来越强壮,不容易感冒。然而,最关键的月经前的烦躁和随之而来的眩晕怕冷,却丝毫没有改善。

初中刚来月经时,这种症状还不那么严重,我只把它当成了青春期的影响。到了高中,我的烦躁越来越严重,但是学生的身份使很多行为得到了原谅。我在学校爆发过,周围的人似乎还有点乐在其中,就算不去学校,一个月请一次假也不算什么。

后来,由于我的症状逐年加重,高三那年,母亲带我去看了妇科。我一直觉得只有孕妇才去看妇科,心里非常抗拒,不过母亲带我去的医院开在购物中心里,环境干净明亮,医生又是一位温和的女性,我甚至有点后悔,早知道几年前就该来看了。医生温柔地对我说:"你心里想的话都可以说出来哟。""压力是我们的大敌,尽量不要把不满憋在心里。"最后,她给出了 PMS 的诊断。翻译过来叫作经前期综合征。症状有了名头,我心里当然轻松了一些,可是我喝了医生开的中药,却没什么效果。

上到大学，自由的时间变多了，我也开始了各种尝试——花草茶、芳香疗法、营养剂。每天晚上我都认真做拉伸，还去做瑜伽和普拉提，然而，没有一样能让我感到有效果。好在大学容易请假，每次来月经前三天，我就待在家里，对自己房间里的东西发脾气，硬扛过去。

自从走上社会，问题就来了。我毕业后很快找到了一家化学制品企业的工作，成为社会人的第一次PMS在我下班回家后发作。当时我刚开始独居，朝着房间墙壁扔了一会儿东西，症状减轻了。第二天，我顶着没有血色的脸去上班，还得到女前辈的关心，让我早早下班了。

第二个月则没有那么幸运了。我的月经周期在二十五天到三十天之间摇摆不定，而且没有前兆。一旦感觉到从天而降的烦躁，那就是PMS来了。

当时，我好不容易习惯了工作，五月的长假也放完了。

"哎，复印一下。"

组长在我办公桌上放下一张纸，我突然爆发了。纸上贴了便笺，上面写着三十五份。

"哎，你刚才说复印一下？"

我站起来，转向组长。

"嗯。"

组长一脸疑问，仿佛在说怎么了。

"光说复印谁听得懂啊。"

"嗯？"

"你不说复印三十五份，我听不懂。"

组长性格有点软弱，被我这样追逼，只能笑着说："真拿你没办法。"

"你把文件随手放在别人桌上，就算不小心看漏了，也不能怪谁吧。"

"嗯，对啊，藤泽小姐说得有道理。"

组长也许想打圆场，低头诚恳地对我道了歉。我脑子里的声音在说：应该到此为止了。一开始还在看热闹的人，现在也对被新人抱怨的组长表现出了同情。如果我多说一句，就会变成彻头彻尾的坏人。我明知道这样，却无法停止口头的攻击。刚入职的紧张更激发了我的烦躁。

"别这样，你以为对新人只要随便安抚一下就好了吗？"

"不，你可能误会我了。我真的认为藤泽小姐说得对，工作时应该谨慎处理文件。"

组长的心胸多么宽广啊。再看我,其实也没什么强硬的主张。不就是复印文件吗?尽管如此,已经爆发的怒火必须燃烧殆尽,否则停不下来。

"真是太讨厌了。"

说着,我甚至流出了眼泪。周围的人似乎都在害怕我的情绪不稳定,也觉得我在纠缠不休。然而,我的理智怎么都阻止不了我的冲动。

"总之我拒绝复印。"

我把资料还给了组长。

"那好吧。"

组长离开我,自己去复印了。

我不记得自己是怎么度过那一天的,我只记得自己的脑子昏昏沉沉的,手脚像冰块一样凉。回家后,眩晕和后悔同时向我袭来。我既不讨厌组长,也不觉得自己是女人被使唤干点杂活就很过分。我仅仅是被烦躁控制了。然而,谁会听信这样的说辞呢?光是回忆起自己对组长说的话,我就毛骨悚然。

明天我还有脸去公司吗?这工作没法做了。不对,也许他们没有我想的那么在意这件事。没关系,请假也不是个好办法。如果我请假了,就更不知该怎么见人了。我想方设法激励自己,第二天咬紧牙关去上班了。一到公司,我就向组长和上司郑重道歉,声称自己由于身体不适,情绪有些不稳定。也许因为我脸色不好,他们表面上原谅我了,还安慰我说,刚参加工作,感到压力大很正常。

我深刻地意识到,如果我想待在这家公司,想做一个正常的社会人,就不能再失控。现在不是用中药和花草茶糊弄的时候了,靠瑜伽和拉伸调整心灵没有意义。有的人因为 PMS 每个月都要痛苦很多天,但我只要每个月熬过那一天,剩下的就都是普通的日子。正因为这样,我虽然苦恼于无法控制自己的情绪,却也渐渐习惯了这种状态,有点听之任之的倾向。可是现在不一样了,我必须认真治疗。我开始在网上查找了解 PMS 的医生。

那是一家 Ladies Clinic(女子诊所),诊所外观让人联想到咖啡厅或美容美发店,里面流淌着轻快的音乐,气氛很是轻松。

医生是个年轻男性,我不禁有些紧张,但他说话语气轻柔,使我顺利说出了这些年来的经历。我一直避免摄取咖啡因和酒精,也尝试过了花草茶和芳香疗法。在生活中我尽量不积攒压力,也会适当运动。听我说这些时，医生很认真，还适时给出了"是啊""嗯，原来如此"这种贴心的回应。

"藤泽小姐，你现在最想解决的问题是什么？"

"来月经之前的烦躁情绪。再这样下去，我恐怕保不住工作了……"

"是啊。如果你追求见效快，还可以依赖药物。"

医生说完，拿出一种小药丸给我看。

"精神紧绷的时候，只要增加大脑分泌的血清素，就能保持情绪平稳。这种药只需五分钟就能见效，你在可能产生烦躁时服用就好。"

"哦……"

这么小的药丸，真的能抑制如此激烈的爆发吗？

"它跟中药不一样，见效很快。但是有的人在不习惯药效时，可能会表现出嗜睡和眩晕的副作用，所以第一次请在家里服用。"

"好。"

回家之后，我立刻吃了药。平复情绪是什么样的感觉呢？我知道药物可以缓解头痛和腹痛，可是，它还能控制情绪吗？尽管半信半疑，但是吃完药不到十分钟，我就感到了强烈的睡意。

那种感觉钻进了我身体的最深处，明明不想睡，也要把我拖下水。我暗道不好，意识还是轻飘飘地越飘越远了。就这样，我睡了过去。

我可能在地上睡了三十分钟左右，醒过来时，我的身体还残留着一丝倦怠。我从未吃过如此强效的药物。

虽然药效很强把我吓了一跳，但可能因为我是在普通状态下服用的，才会有嗜睡现象。若是在烦躁的时候服用，它一定能控制住我的情绪。医生也说只要习惯了，就不会有副作用。下次PMS要来时，我再吃一粒看看吧。没别的办法了。

那天是六月一日，周期的第二十四天。虽然还有点早，但今天完全有可能出现烦躁情绪。我一到公司就吃了药，这里是职场，人总会保持一点紧张感，不太可能睡过去。

可是大约十分钟后，睡意再次向我袭来。不行，不行，我使劲捏脸颊，摇晃脑袋，试图驱赶睡意。

"哎，藤泽小姐，麻烦准备一下会议室哟。"

上司古山女士对我说道。我很想回答"好"，但是发不出任何声音。

"听见了吗？去布置一下会议室。"

"知道了。"

我一站起来,就感到天旋地转。

"没事吧?"

"啊,没什么。"

我很想好好回答问题,脑子却一片空白。

"贫血了?"

上司问道。

"不,只是有点困。"

古山女士闻言,露出了苦笑。

只要动起来就清醒了。我走向会议室,调整桌子和椅子的方向,在桌上摆放好资料。大脑和身体的运转都变得很迟钝,导致我花了比平时更多的时间,不过最后总算是准备好了。

还有几分钟才到开会时间。就一小会儿,我就让眼睛休息一小会儿,休息完就有精神了。如果不坐下,肯定两三分钟就能醒。可能是药物的副作用蒙蔽了大脑,我突然产生这样的想法,靠在会议室角落的墙壁上闭起了眼睛。后来,是走进会议室的同事的声音唤醒了我。

"哎呀,吓我一跳。"

"你怎么了？"

几个人发出了惊讶的声音。

"藤泽小姐，你该不会在睡觉吧？"

古山女士摇晃着我的肩膀，使我清醒过来。

"啊，哎……"

我本以为自己站着，但不知何时竟坐在了会议室的角落里，陷入了沉睡。

"你怎么一大早的就这样？"

古山女士皱着眉说。

"先是歇斯底里，接着是睡死过去，太吓人了。"

"这个新人胆子真大。"

同事们的声音也传入我的耳中。

完蛋了，我无法控制睡意。这种药怎么能吃？而且我的烦躁情绪很快就要降临了。如果这次再爆发，别人会怎么想？

对了，在烦躁降临之前，趁今天辞职吧。我无法忍受同事把我当成不正常的人，我一分钟也不想待下去了。我逃也似的跑进厕所洗脸，同时下定了决心。丢工作和丢人现眼，对我而言是同样严重的事态。

我只是刚入职两个月的新人,有我没我都一样,不对,没了我恐怕更好。我一开始还担心现在提辞职很对不起公司,不交接会不会有问题,可上司看到我的辞呈后,一句挽留的话也没说,干脆地答应道:"虽然很遗憾,但我们这个职场似乎不适合你呢。"

辞掉工作后,我就来了月经,在家休息了一周。但我没生病,体力也没问题,我还是想去工作。只要没有PMS,我就是个健康的人。而且没有钱就无法生活,我不能挑三拣四,何况待在家里只会越来越郁闷。于是我强迫自己转换心情,来完月经后马上找了一份兼职,过了两年相对自由的打零工生活。我在超市做收银员,又在家庭餐厅做跑堂,除去来月经前那几天,我双休日和晚上也工作,因此得到的收入完全可以支撑自己的生活。

可我脑子里还是在担心,这样下去恐怕不行。十年后,二十年后,我还能过这样的生活吗?我不能输给自己的体质。不就是每个月只有一天吗?我怎么能被那一天拖累,白白浪费掉每一天呢?

辞职两年后,二十五岁那年,我又开始找工作了。我通过Hello Work(为学生和毕业后未就职人员提供的公共职业安定所)找了许多应该相对自由的小公司面试,可每次如实说出自己的

拂晓的一切

PMS 后，对方总是一副难以接受的样子，最后没有聘用我。一直等我面试到第六家公司，也就是现在的栗田金属，我才总算得到了工作。

"我老婆每天都很烦躁，每天都吼我呢。"

社长听我坦白了每月有一天会特别烦躁，无法控制自己，变得歇斯底里的症状后，这样说道。

"我也正好处于更年期，特别理解你！"

住川女士也在旁边帮腔，还讲了更年期的痛苦。

能够坦白自己的情况，我心里稍微轻松了一些，本来还担心他们亲眼看见了我的发作可能会做出不一样的反应，但结果证实，我白担心了。无论我歇斯底里多少次，社长都说：

"你只是每个月发一次脾气，其他时间都笑眯眯地工作，一点问题都没有。"

住川女士也笑着说：

"你可能觉得不好受，但我们看着反倒觉得有趣呢。"

在他们的影响下，平西先生和铃木先生也说：

"我得好好干活，免得成了藤泽小姐的靶子啊。"

"要不你下个月吼吼社长，叫他给我们涨工资吧。"

就这样，他们对我的烦躁一笑置之了。

我的工作内容虽然很单调，但职场环境无可挑剔。多亏了这些同事和领导，尽管我每一两个月就要在公司爆发一次，还是平平安安地干了三年。

昨天对山添君爆发后，我始终头晕目眩，便早退回去了。一开始我还不好意思早退，后来发现公司小事情少，就算哪个人休个两三天，也不会影响什么。同事们也都不太在意。

"不好意思，给大家添麻烦了。"

一早上班，我就四处发点心赔罪。社长笑着说：

"今天正好想吃点甜的呢。"

平西先生一边拆包装袋一边说：

"我就知道你哪天肯定会对山添君发脾气。

"那家伙整天呆呆的，被藤泽小姐骂了，今天还是迟到，胆子可真大。我要是挨了骂，第二天肯定得干三倍的活。"

平西先生性格开朗，什么事都能当成笑话来说。刚开始我不适应，总觉得他说话真假难辨，现在则特别感谢他的调侃。

"我迟到了，对不起。"

临近上班了，山添君才踩着时间点走进办公室，嘴里嘀嘀咕咕地道歉，也不知在对谁说。

"啊，那个……请用。"

"哦……谢谢。"

我把点心放在山添君桌上，他低头道了声谢。

"昨天我有点暴躁了，真对不起。"

"没关系。其实我也想控制碳酸饮料的摄入，就是忍不住……"

山添君说完，把点心推到旁边，放下了包。

这个公司的人，包括社长在内，可能因为年纪大了，对什么事都很宽容。可是山添君才二十五岁，我突然吼他，一定把他吓了一跳。不过他今天的表情跟平时没什么两样，好像真的不怎么在意。

"藤泽小姐一生气，我们第二天就有点心吃，这已经成了公司的惯例小惊喜啦。好，大家都到齐了吧，那就量力而为，注意安全，好好工作吧。"

听到社长发话，我回到了自己的座位。

山添君还是像平常那样，嚼着口香糖检查票据。我本想是不是应该向他解释自己的情况，现在看来好像没那个必要了。

"他好坚强啊。"

住川女士说。

"嗯,是呀,那太好了。"

我点点头,打开了电脑。

今天我得兢兢业业工作到五点,把昨天惹的麻烦找补回来。我长出一口气,开始整理票据。

*

进入十一月下旬,每天都很冷,仿佛直接跳过秋天的尾声,进入了寒冬。

"天气这么冷,要碰水的打扫变得好烦人啊。"

住川女士擦拭着饮水机旁边的水槽。那水槽太旧了,就算每天打扫,还是显得有点脏。

"男的是不是都不在乎啊……"

"其实我也不怎么在乎。"

"真的吗?"

听了我的话,住川女士表示疑惑。

"我还以为美纱是那种必须把家里打扫得一尘不染的人呢。"

"我一个人住,每个礼拜开一次吸尘器就够了。"

很多人以为我很细致,其实我是个大大咧咧的人。每次一被人说细心,我就觉得自己被指出了在意他人目光的软弱性格,倒不如大大咧咧,反而更好。其实我三天就开一次吸尘器,但我还是选择夸张了一些。

"我每天早晨都得开,但这都怪我老公和孩子不收拾东西。"

"那真是太辛苦了,我去打扫厕所吧。"

下班前,我和住川女士会打扫办公室的卫生。没有人安排这个工作,但也没有他人来做,再加上本职工作并不繁忙,人手完全够。我不好意思让比我大的住川女士一个人忙活,所以主动接过了打扫厕所的工作。

"哎?"

最后用一次性的湿巾擦完厕所地板,我发现角落里掉了一板药——还有两颗没有开封。这是谁的?我拾起来看了看药名——赞安诺[1]。我拿着那板有点眼熟的药片回到办公室,发现社长和住

---

[1] 赞安诺:又名阿普唑仑,是一种精神类药物。它最常用于焦虑症的短期管理,特别是恐慌症或广泛性焦虑症。常见的副作用包括嗜睡、抑郁、头痛、感觉疲倦、口干和记忆力问题等。——编者注

住川女士正往山添君那边跑。

"我没事。"

山添君蹲在地上,发出了虚弱的声音。

"什么没事,你出了好多汗呀。"

住川女士往山添君脸上按了一块毛巾。

"不好意思,就是有点贫血,一会儿就好了。"

山添君脸色苍白,蹲在地上摸索着口袋。可是他好像提不起力气,动作不太利索。

看到他的样子,平时不怎么说话的铃木先生也担心地站了起来。

"要不你先躺一会儿吧。"

"我没事。"

山添君的声音在颤抖,呼吸也很急促。他本来应该待着不动,却非要把口袋里的东西全都倒了出来。都这种时候了,他究竟在找什么呢。应该别勉强自己,躺下来休息才对呀。他怎么……啊,对了,药,他一定在找药。我想起来了,赞安诺,这不就是我以前看PMS吃过的药吗?一种吃了会控制不住睡意,最后被我放弃的药。

我把在厕所里捡到的药板塞进山添君手里,转身给他打了杯水。

2

由于事出突然,我自己都不明白究竟发生了什么。不过,那天的事情,我记得很清楚。

两年前,十月的第一个周日。那天天气很好,我跟女朋友千寻在一个大公园散完步,接着走进了一家拉面店。午餐吃得有点晚。我点了盐味拉面和炒饭套餐,女朋友点了酱油拉面。这家店我来过几次,很喜欢里面的盐味拉面,然而那天却味同嚼蜡。

"味道是不是有点退步啊?"

"你嘴上这么说,还不是吃完了。"

"那倒也是。"

被千寻调侃了一句,我站起来提议离开,那种感觉突然来了。我以为是站得太急,便缓缓迈开步子,紧接着又是眼前一黑,突然涌出了前所未有的不适。好像想吐,又好像要晕倒,胃似乎有点痛,全身的血液似乎都在倒流。我感到浑身无力,再这样下去,恐怕要失去意识。

"你怎么了？"

"我也不知道……好难受。"

我想出去透透气，便把钱包递给千寻，先走出了店铺。

然而透气带来的好转稍纵即逝，我越来越不舒服了，明明身体没有疼痛，却感觉异常难受。

"没事吧？"

"嗯。"

我刚要点头，却脚底一软，倒下了。

"怎么办，叫救护车？"

千寻担心地问道。

救护车……只能这么办了，我一个人恐怕寸步难行。如果不尽快摆脱这种痛苦，我就要疯了。

但是反过来，我又很害怕上救护车。想到自己躺在病床上，被推进救护车的模样，我就毛骨悚然。明明都快撑不住了，我还在拼命抵触静止不动的状态。

"不……怎么办呢……"

"总之先叫一辆出租车，去看急诊吧。"

千寻刚说完，就走到人路边上抬起了手。

拂晓的一切

"啊……"

这究竟是怎么回事？我的身体没有任何问题，上午我还在公园慢跑了几圈。可是，我却感到体内充满了莫名其妙的恶心。女朋友拉着我上了车，来到距离最近的急诊医院时，我连站立都十分勉强了。

刚进医院，护士就递给我一个纸袋说："你呼吸过速了。"接着，她要我躺下，测了血压和脉搏。我躺不住，一直想坐起来，最后被护士提醒："不要动。"接受那些简单的检查时，我的呼吸渐渐平复下来，意识也清晰起来了。看来能撑过去。等会儿检查结束，进了诊室后，我该对医生说什么呢？

身体没有感觉到疼痛，不清楚是什么症状，只觉得恶心苦闷，意识模糊，类似眩晕。我只想尽快回到自己家躺下，如果不这样，我恐怕要疯了。我磕磕巴巴地陈述完这些感觉后，医生说：

"你的症状恐怕跟大脑或心脏有关，但是你的口齿很清晰，手指活动也没问题。"

"哦……"

"既然如此，还是做个脑部MRI（磁共振成像）吧，有可能是心因性的症状。"

"心因性……?"

"就是源自心理问题。"

听了医生的推测,我大吃一惊。

"怎么会呢?我平时没什么压力,最近也没遇到困难。"

工作和生活都很充实,没有任何重大烦恼。我这样回答后,医生说:

"也对,这种情况更常见于压力大的人群。但是为了保险起见,等你明天或后天稍微平静一些,来查个循环系统吧。"

接着,医生给我开了止吐的药和胃药。

我以为进了急诊医院会得到大阵仗的治疗,没想到看诊就这么结束了。

等我付了费,跟一直等着我的女朋友一起回家时,症状已经基本平复,只剩下残留在体内最深处的一点恶心了。

"是不是疲劳一下爆发出来了?"

"嗯,有可能。"

"今天回去就睡下吧。"

"好。"

我答应了千寻，但心中还是很疑惑，因为我一点都不累。

那天我跟千寻道完别，径直回了自己租的房子，吃了医生开的药便睡下了。虽然还有点挥之不去的倦怠和胃部不适，但那种强烈的苦闷已经消失。我躺在被窝里用手机检索自己的症状，很快就睡过去了。

第二天醒来，我突然感到全身躁动。怎么回事？莫非身体真的出了问题？我没有能够清楚说明的症状和不适，只有一种强烈的感觉：一旦走出门去，肯定会倒下。这种从未有过的感觉究竟是什么？

我本来打算今天早点下班，去医院查一查循环内科，可是看现在的情况，我连公司都去不了。于是我给公司打了电话，说周日因为眩晕去了急诊，医生吩咐今天要静养，并且接受进一步的检查。上司安慰道："你平时那么努力，今天就好好休息吧。"

刚结束通话，跟昨天一样的眩晕感再次袭来。我敷了个冰袋，躺下休息了一会儿，却怎么都恢复不过来。明明很痛苦，我却不知道自己的身体究竟需要什么。如果不尽快采取措施抑制这个症状，我就无法正常生活。

我决定尽快去医院检查，便检索了附近的循环内科，立即出了门。只是坐在候诊室里，我就喘不过气来，不得不反复起来走动喝水。采血和心电图检查我都差点没能撑过去。最后，医院给我安上了二十四小时监测心脏活动的器械。

我提出：

"我想治好这种恶心的感觉。"

医生说了跟昨天的急诊医生同样的话。

"你的心电图没有异常，也许是心因性的症状。"

"心因性……现在控制不了吗？"

"毕竟这里不是专科医院。检查结果要明天以后才能出来，你就放松心情，好好休息吧。"

医生的回答很含糊，连药都没有开。

我好不容易回到住处，疲劳感顿时涌了出来，同时我也惊呆了。从出门到回来，只过了不到两个小时，我连这么短的时间都受不了，那今后该怎么活？

我盯着日历，明天、后天都要上班，周四还要发表新方案。周六已经和大学同学约了烤肉，下周是千寻的生日，我已经预约了餐厅。月底还答应去参加公司的业余棒球比赛，给球队充人数。

到前天为止，我还很期待这些事情。我对自己的方案很有信心，跟朋友也已经半年没聚了，可是现在，我只感到了强烈的不安。为什么？我心中的期待已经完全消失了。

茫然沉重的不安，反复侵袭的眩晕，全身无法平息的躁动，究竟是什么原因造成了这种莫名其妙的症状？

入职半年，我渐渐习惯了工作，并开始乐在其中。职场的人际关系也不错。上司大方包容，很欣赏我的工作。私生活也没有问题。从大学开始交往的千寻虽然很爱操心，但性子直率开朗，跟她在一起很快乐。我的朋友也都很不错。每一天的生活虽然称不上完美，但也足够充实。工作虽然会累，但几乎没有烦恼和压力。所以当急诊医生对我说"有可能是心因性的症状"时，我怎么都无法理解。

今天，另一个医生也说了同样的话。突如其来的悸动，强烈的恐惧，待在不能乱动的地方就万分苦闷，突然涌出的不安迟迟无法消失，害怕外出，这不像是单纯的疾病。出问题的并非我的身体。尽管我想不到原因，但这可能真的是心因性疾病。

我等不了血液和心脏检查的结果。我想尽早消除这种难以言喻的苦闷，否则，我就要疯了。

我在网上查到心疗内科专门诊疗心因性的症状，不由得大吃一惊。我从未听说过还有这样的专科医院，但是在离我住处不超过三十分钟行程的范围内，足有四家心疗内科医院，而且都要预约。于是，我选了一家评价还算好的打电话过去。

"请问您有什么需要吗？"

接电话的女人语气十分恭敬。也许因为联系医院的都是心因性疾病患者，难保因为哪句话受到伤害。

"我在内科看病，医生说怀疑是心因性的疾病。"

"这样啊。您现在还好吧？"

"是的，现在还好。"

"那么您要预约初诊吗？"

"嗯，是的，拜托了。"

"最快的日期是两个月后……"

对方提出的日子实在太遥远了。他们竟有这么多患者吗？我从未听过身边有人提起自己在看心疗内科，看来罹患这种疾病的人比我想象的更多。我无法连续两个月处在这种状态中，只想马上把它治好。于是我没有预约，结束通话后联系了别的心疗内科。另一家医院的初诊预约也排到了一个月后。我该怎么办？我怀着焦急的心情联系了第三家医院，总算拿到了两天后的周三早晨的预约。这下能看心疗内科，也能诊断我的症状了。仅仅因为这小小的成功，我就感觉自己得到了救赎。

第二天，我以穿戴了心电图检测机器为由请了假，并告知上司周三早晨上医院看完病之后会出勤。其实医生说，穿戴了设备也能正常生活，但我不能这个样子去上班。虽然连休两天半让我很没有底气，但也许因为周日我去了急诊医院，上司很痛快地批了假。

千寻打了几次电话说要来看我，但我没能答复她。我只觉得心脏一直在疯狂跳动。除了一个人静静地躺着，我想不到别的办法熬过这种状态。

没问题，我只是现在有点不对劲。等到周三早晨去看了心疗内科，我就有救了。就在四天前，我还能毫无顾虑地去上班。只要开了药，我就能恢复那时的状态。我坚信着这一点，苦苦等待时间过去。

周二傍晚，我去了循环内科。如我所料，检查结果没有异常。

"可能因为压力过大，疲劳无法缓解。最好的办法就是好好休息。"

循环内科的医生如是说。是啊，没错，我的症状在这里治不好。我好想早点去看心疗内科，只要去那里，就有办法了。我满脑子都在想着这句话。

虽然相比看急诊时，症状已经缓解了一些，但我还是感到一阵又一阵难以言喻的恶心，在苦闷中迎来了周三的早晨。

距离我的住处步行十五分钟的地方有一座建了两三年的医疗中心，心疗内科在这座大楼深处最不起眼的位置，也许考虑到了患者避开他人的需求。

我在前台报出名字，填写了简单的诊疗问卷，很快就被带进了诊室。太好了，我很快就能复原了。

"哦，你这是惊恐障碍。"

看上去只有四十出头的医生听完我描述的症状，就毫不犹豫地做出了回答。接着，他给了我一本介绍惊恐障碍的小册子。

"进入无路可逃的地方和令人紧张的地方，你就会感到很不舒服，对吧？无法保持静止也是因为惊恐发作。我给你开三种药，首先是缓解发作的药，一种是立刻起效的赞安诺，一种是持续有效的韦克伦[1]，最后是治本的SSRI[2]，也就是抗抑郁药，就开左洛复[3]吧。"

医生没有做触诊，只简单听我讲了自己的遭遇，就开始了药物说明。我虽然觉得只要吃了能见效，我什么都愿意吃，但也难以打消心中的不安，觉得这也太简单了。

我补充道：

"可是我生活中压力并不大，现在也没什么烦恼……"

"我明白，很多人都有这样的误会。其实惊恐障碍的病因不只是心理，所以才要服药治疗。"

医生一边在电脑上输入处方，一边熟练地做了解释。也许他已经习惯了这种疑问。

"哦……"

"总之，你先服药看看。还有，身体乳酸堆积容易引起发

---

[1] 韦克伦：别名氯氟䓬乙酯。本品为苯二氮䓬类抗焦虑药，作用与安定相似，具有较强的镇静、催眠、抗焦虑、肌肉松弛和抗惊厥作用。——编者注
[2] SSRI：是 Selective Serotonin Reuptake Inhibitor（选择性5-羟色胺重摄取抑制剂）的简称。它是目前在临床上使用最为广泛的抗抑郁药，包括氟西汀、舍曲林、帕罗西汀、西酞普兰及氟伏沙明等。——编者注
[3] 左洛复：别名盐酸舍曲林。属于SSRI，用于治疗抑郁症或预防其发作，也可用于治疗强迫症。——编者注

作,你要尽量避免剧烈运动,防止肌肉酸痛。酒精和咖啡因也要控制。"

听完说明,诊疗就结束了。我觉得自己应该再说点什么,再问点什么,却不知究竟该说什么。我来看的是双眼无法观察到的疾病,也许只能听医生说了。尽管如此,仅凭症状描述就开了这些药,而且都是对大脑产生作用的药,我还是觉得怪怪的。

尽管心里有抵触,我还是在离开医院后马上服用了立即起效的赞安诺,直接去公司了。现在只能靠吃药撑住,我没有挑选的余地。正如医生所说,我服药后很快就感到身体变得轻盈了,紧绷的神经渐渐平复下来。小小药片竟有如此惊人的力量,我多少有些害怕,但还是沉浸在久违的平和中。

乘电车到公司要三十分钟。接近十点,车厢内没有了平时早高峰的拥挤,我高兴地走进去,可是车门一关,心里就产生了不好的预感。

不对,这只是我的错觉。我强行压抑住呼之欲出的不安。医生刚才对我说,在电车和牙科诊所这些比较不自由的空间更容易发作,但我并不害怕这些地方。我从未对交通工具产生过恐惧,再怎么拥挤也没问题。虽然我不断劝说自己,还是感到浑身冷汗直冒。离公司还有五站路，不可能出问题，我刚才还吃了药呢。我靠在车门上，反复做着深呼吸。还有四站。每次车辆停靠站点，车门打开，我都会深吸一口气。医生说，惊恐障碍发作不会致死。检查结果也没有异常。这只是大脑被触发了错误操作而已。我反复回忆着介绍惊恐障碍的小册子上的解释和医生说的话，双眼死死盯着窗外。还有一站，要忍住。我不能再请假了，也不能在这里倒下。我攥紧双手，拼命忍耐着眩晕，总算到达了离公司最近的车站。

还有五分钟步行路程。在户外行走比乘坐电车强多了，可是抵达公司时，我已经筋疲力尽。即使在旁人眼中，我恐怕也不是马上能投入工作的状态。

大家都关心地问："没事吧？""要是还没恢复，就别勉强。"

"不，我没事。一下就请两天多的假，实在不好意思。"

我虽然这样回答，但可能因为药物的副作用，我突然感到强烈的睡意和呕吐感，并且天旋地转。

"嗯，那你自己掂量着来吧。"

直属上司辻本课长发话了。我朝他低头行礼，走到自己的座位上，那一刻我猛地意识到，我真的不行。跟周日吃拉面那时一样，我感到阵阵恶心，全身的力气仿佛都从指尖溜走了。这么多人，这么多声音，紧闭的窗户，我下意识地寻找出口。我究竟是怎么了？我并没有被囚禁，只要想出去随时都行。我脑子明明很清楚，内心却在大叫救命，怎么都无法保持坐姿。不行，我真的什么都做不了。我得的这种病远比想象的更严重。

我继续服用赞安诺，不听周围的人要我休息的劝告，好歹熬过这一天。不知是因为药物作用还是病情发作，我只觉得脑子昏昏沉沉的，记不清自己究竟做了什么。

下班后，我选了一趟站站停靠的慢车，毫不夸张地说，回到家时我只剩下半条命，颓然倒在了地上。

我不想再出去了。我坐不了电车，上不了班，这就是我今天一天得出的结论。这到底是怎么回事？上周我还每天过着没有烦恼的生活。入职半年，我渐渐找到了工作的价值和乐趣。春季做的体检结果也完全没问题。那么，我的身体究竟怎么回事？我精力很好，喜欢外出，也想工作。我的性格也比较开朗乐观。可是，我的身体为什么会出现这种意想不到的问题？

第二天早晨，我踩着心疗内科上班的时间走了进去。虽然没有预约，但是药不管用，我痛苦不堪，只想走出现在的状态。护士听了我的诉说，终于把我带进了诊室。

医生说：

"抗抑郁药起码要半个月到一个月才起效，在此之前，你就用镇静剂扛过去吧。增加赞安诺的剂量。对了，抗抑郁药不用左洛复了，赛乐特[1]可能更管用。"

"哦……"

医生又劝告我：

"你最好别太在意这件事。有不少人花了十几二十年才治好惊恐障碍。所以关键在于不要焦虑，与疾病和平相处。"

十几二十年？难道我要在全盛时期的青春岁月白白浪费掉我的体力和精力吗？我怎么能忍受十年这样的状态？我陷入了绝望。没想到带着求救的心情来到医院，医生只是给我换了一种药，增加了剂量而已。

看完病，我本想去车站，可是坐电车和上班的难度都比昨天更高了。明天肯定也一样。原因不明，理由不明。短短几天内，我已

---

[1] 赛乐特：别名盐酸帕罗西汀。用于治疗各种类型的抑郁症，包括伴有焦虑的抑郁症及反应性抑郁症、强迫性神经症、伴有或不伴有广场恐怖的惊恐障碍、社交恐怖症、社交焦虑症等。——编者注

经完全变了个人。这个病根本没有治愈的征兆。为了避免再给别人添麻烦，我只能尽早辞职。那又是我喜欢的职场，就更该如此。

回到家中，我给公司打了电话，向让本课长汇报自己的身体情况，坦白了无法继续工作的实情。让本课长担心地问："有这么严重吗？"

惊恐障碍——不知为什么，我无法向他坦白这个病名。他可能会觉得我是个软弱的人，还会说有什么烦恼可以跟他商量。毕竟连我自己都误以为心因性疾病就是因为压力大和性格软弱。让本课长比我年长二十岁，不太可能了解惊恐障碍这种病。

"你得的是什么病？"

理所当然地，让本课长提了这个问题。

"现在还不清楚……只是我连动一动都很困难。"

我不知如何回答，只好含糊其词。

让本课长劝我先别辞职，让我请几天假看看，要不干脆咬咬牙停职一个月。可就算停职了，我也没有复工的希望。光是打电话，我已经在浑身颤抖，还不断冒冷汗，喘不过气来。我甚至无暇感激让本课长挽留我、关心我的心意。

他也许体察到了我的状态，最后答应道："好吧，现在我也不多问，以后你想回来，随时都可以。"说完，他就把电话转给了行政的人，要那边帮我以邮寄的方式办理离职手续。

辻本课长是个不拘小节的豪放之人。他工作能力很强，却总是忘记在资料上注明日期，或是邮寄东西忘了写名字，甚至被我们这些新人笑话。但他也是个大度之人，总是愿意鼓励新人，夸奖我们"这主意很好""不如试试吧"，还总在工作上关照我们。当我们快要失败的时候，他总会伸出援手，如果顺利完成，他就会像自己从未插手过那样，表扬我们"太棒了"。我真的很喜欢辻本课长。

我虽然只在这里工作了半年，但公司给了我许多感动。现在我却不能亲自向大家告别。结束通话后，我的眼泪就涌了出来。

*

"我一个人没事，家也离得近。"

离开公司走了一会儿，我这样说道。

"但我还是把你送到家门口吧。"

藤泽小姐说着，并没有停下。

多亏了她递过来的药，我的发作很快就缓和了。栗田社长坚持要开车送我回家，并说："你要是倒在路上，可怎么办。"但我无法坐别人的车，还不如自己慢慢走。于是我说："我现在可能会晕车。"但社长还是担心我一个人不安全，就派了藤泽小姐送我回家。

"山添君原来是走路上班啊。"

"嗯。"

"我帮你拿东西吧？"

"不用了。"

我随便应付着藤泽小姐的话。我现在脑子昏昏沉沉的，没办法跟别人打交道。

"不如去便利店买点方便吃喝的东西吧？"

"不用了。"

公司到我的住处走路十五分钟。越过车站，再穿过一条小小的商店街，便到了。看到车站时，我低头道谢，并说：

"藤泽小姐，你是坐电车走的吧，送到这里就行了。"

"没关系吗？"

"是的，刚才我只是晕了一下，现在已经没问题了。"

药已经起效，不再有眩晕感，而且我想一个人待着。若是有人在旁边，我只会感到紧张，搞不好又得发作。

"是吗？那你小心点。"

"谢谢你。"

藤泽小姐说了声"再见"，继而转身离开。

总算解放了。没有别人跟着，我顿时松了口气。早点回家躺下吧。为了防止心跳加速，我缓缓迈开了步子。

我被确诊为惊恐障碍已经两年，经过各种药物尝试，发作的次数、严重程度和日常的焦虑已经有了很大的改善。然而有的时候还是难免出现这样的情况。现在找到的工作，已经是我尽最大的努力找到的。目前，我已经把抗焦虑和抗抑郁的药加到了最大剂量，再也没有别的办法了。就在我感慨今后必须习惯与惊恐障碍相处时，脑中突然闪过了疑问。

藤泽小姐刚才毫不犹豫地把赞安诺塞给了我。她可能碰巧捡到了我遗失的药，可是，她怎么知道那是我的？她就不担心那可能不是我的药吗？我带着疑问走上了出租屋的台阶。我的房间在二楼。这座已经有四十多年历史的老房子光照很差，除了能步行通勤和房租便宜，没有任何优点。离开上一家公司后，我只能靠读书时攒的打工钱和半年工作的薪水生活，所以搬到了房租便宜的地方。反正我不会叫人来做客,只要能睡觉就行。对现在的我来说,这样的住处刚刚好。

站在房门前,我立刻感到了充实和安全。今天也平安回来了,只要躺下睡觉,就算熬过一天。无事发生,只需这样我就满足了。

我从包里拿出了钥匙。

"给你。"

背后传来声音。我转过头,是藤泽小姐。

"我在便利店随便买了点运动饮料和碳酸饮料,还有饭团。"

"哦……"

"你肯定想一个人走吧,但我又猜你回家后可能不想出门买吃的……这样是不是有点多管闲事?"

藤泽小姐把便利店的袋子塞给我。

"你怎么知道我住哪里?"

"山添君走路太慢了,我从便利店出来,一下就找到你了。"

我一心只想着回家,压根没发现藤泽小姐跟在后面。

"这样啊……哦,不好意思,我给你钱。"

"啊,不用了,反正我只是随便买的。就这样,再见啦。"

"那个……藤泽小姐。"

她刚要转身，我连忙叫住了。

"嗯？"

"你怎么知道那是我的药？"

"药？"

"你在公司给我的。"

我很想快点进屋，但也很想解开心中的疑问。惊恐障碍的患者心里不能有惦记的事情。

"我在厕所捡到了那个药。回到办公室时，看到山添君那么不舒服，还一直在摸口袋，我就猜到你是在找药。"

她就不担心给错药吗？莫非她以前在医疗相关的公司上班？

"我也吃过那种药。"

藤泽小姐似乎察觉到了我的疑问，主动补充道。

"你吃过？"

"那是赞安诺，对吧？几年前我吃过一次。啊，但我得的不是惊恐障碍。"

听了她的话，我几乎要窒息了。"但我得的不是惊恐障碍。"那么，她想说谁得了惊恐障碍呢？难道她知道我得了什么病？我很想问她是不是知道我有惊恐障碍，又担心错把自己交代出去。

医生曾说，周围的人越了解我的惊恐障碍病情，我就会越放心，不容易发作。可是，真的会这样吗？

我将病情第一个告知的人，是当时我正在交往的女朋友千寻。她比我还难以置信。

"怎么会呢？我看阿孝一直都很健康呀。而且你也没什么烦恼吧？"

千寻认为我被医生忽悠了，好几次叫我去大医院看病，免得耽误了真正的病情。可是我连电车都坐不了，更不可能在大型综合医院排队候诊，躺进MRI仪器更是难上加难，所以我没法答应她。后来，千寻开始指责我："你怎么不认真面对自己的病情呢？""难道你想一直这样下去吗？"当然，她也有努力了解惊恐障碍。不过，她应该始终没能接受。因为这虽然是病，但是我表面看起来没有任何异常。在她眼中，我可能只是整天闷在家里，既不去上班，也不积极治病，过着浑浑噩噩、没有前途的日子。好几次，千寻都问我："你再也没法复原了吗？"然后，她还消沉地说："我什么都帮不了你。"既然我无法恢复从前的状态，就不能与人正常交往。患上惊恐障碍不足半年，我们相伴的日子就结

·047

束了。

我还打电话给大学时的好友青木,跟他取消了周六烤肉的约定。在电话里,我故作轻松地说:"我被诊断出惊恐障碍了。"说这句话时,我以为他会笑着回答:"你怎么可能?"

"哦,是吗?毕竟山添总是很会热场子。"

但青木说出来的话,却是不着边际的安慰。

"别勉强自己。以前你总是跟什么人都好,很照顾周围人的心情。其实我一直很担心,你哪天会不会因此累出毛病来。这个病啊,就是老天爷在叫你好好放松一段时间。"

他虽然这么说,可我并不觉得勉强过自己。跟大家好、热场子,这些都是我喜欢做的事。因为跟朋友在一起很开心,我也没有光在意别人的心情。然而,就算我否定了,也不能改变什么。我只能回答:"嗯,谢谢你。抱歉了。"然后结束了通话。

后来,青木给我发了许多消息,问我"怎么样"。如果我回答"很好",又怕他会提议去哪里玩;若是回答"不好",似乎也不太对。每次烦恼了很久,我最终都没有回复。就这样,本来很频繁的消息往来,变成了几个月往来一次。除了青木,别的朋友也一样。对方约了几次,我没有回复,联系的次数就渐渐变少,只偶尔发一些不痛不痒的消息过来。不到一年时间，原本热闹的交友圈就变得悄无声息了。后来，我多少适应了惊恐障碍，找到现在的工作，恢复了一点正常生活。然而，经过两年的音信不通，现在我已经没有了能够随意联系的朋友。

有时，我会突然感到孤独，很想跟人说说话。可是，我没有交谈的对象。我是否只能一个人待着呢？我今后是不是再也无法与人进行深入的交往了？一想到这里，我就很难受。不行，现在不是感伤的时候。只要跟人在一起，我就会感到有压力，担心自己会发病。无论经历多少次，发病的痛苦都让我无比害怕。如果一个人待着能让我平静，那就一个人待着吧。得了惊恐障碍，无可挽回的事情只能让它过去了。

我只对千寻和青木坦白了惊恐障碍的病情，连父母都没有告知。他们若是知道本来开朗快乐的儿子得了这种莫名其妙的病，恐怕只会伤心。

惊恐障碍的知识已经相对普及了。尽管如此，还是有人对它有误解。我与藤泽小姐并不熟，很难对她坦白这件事。

"我是因为PMS才用的这个药。"

我明明没有接话，藤泽小姐却兀自说了下去。

"PMS……哦，那个……"

患上惊恐障碍后，我在网上查找了类似症状的疾病。尽管越看越消沉，我还是忍不住一有空闲就打开惊恐障碍相关的页面。PMS，光听字母我一时没反应过来，过了一会儿才意识到那是月经前精神紊乱的状态。

"好像叫经前期综合征吧。"

"没错。只是我不太好意思对男人说月经，就用了看起来更洋气的名字。"

藤泽小姐笑着说完，向我抬起了手。

"咱们不用互相理解，但是一起加油吧。再见。"

"咱们？"

咱们是什么意思？这个人难道把PMS和生不如死的惊恐障碍等同起来了？

"我是说尽量让彼此不痛苦。啊，我是不是多管闲事了？"

"不是多管闲事，我只是觉得完全不对……"

我实在忍不住，便说出了自己的想法。

"不对？"

"我只是想，PMS和惊恐障碍患者所承受的痛苦与需要付出的代价都太不一样了。"

"这样啊。原来病也分三六九等。看来PMS还远远不够格咯。"

藤泽小姐戏谑地说完，背过身留下一句："那再见啦。"

走进房间放下东西，我直接坐在了地上。惊恐障碍发作一般三十分钟左右恢复，大部分情况下不会有后续影响，但是这次发作后，我还是感到浑身无力。

我从藤泽小姐给的塑料袋里拿出了碳酸饮料。确诊时，医生说咖啡因和酒精都对身体不好，所以这些我马上就戒了。然而，医生叫我控制碳酸饮料，我却没有听从。当冰凉的液体通过喉咙流入体内，我的身体渐渐平静下来。这让我感觉，自己失控的身体正在被碳酸引导回正常状态。薄荷糖、口香糖、碳酸饮料，将这些刺激性的物质摄入体内，就会感觉虚浮的身体逐渐踏实下来，所以我离不开这些东西。

话说回来，那个人好像因为我开瓶盖的响声爆发了。想起不久前的事，我不禁苦笑。她突然发那么大的火，我还以为是什么歇斯底里的性格，原来是PMS啊。

与此同时，我脑中也闪过了藤泽小姐那句话——"原来病也分三六九等"。莫非我在不知不觉间把自己的病当成了特权？怎么可能？那就是事实呀，惊恐障碍当然比 PMS 痛苦多了。不对，真的是这样吗？别说 PMS，我连月经都不太了解。也许那比我想象的更痛苦。唉，还是不想了，随便怎么都好。我咽下一大口碳酸饮料，故意将思绪抛在脑后。

明明没怎么动，我的身体一到晚上就无比沉重。还是睡觉吧。韦克伦和赛乐特，吃完药，我就钻进了起床之后放着没收拾的被窝。

3

五年前从医院妇科开了药回来,我查过相关信息,并因此知道,除了 PMS,抑郁症和惊恐障碍也会服用赞安诺。至于惊恐障碍是什么病,我专门查了几个网站,自认为很了解。

可是,在亲眼看见山添君发作前,我一点都没有察觉他患了惊恐障碍。

他吃糖和嚼口香糖,可能都是为了保持平静,经常迟到也许是因为无法自由行动。而且他脸色也不好,我怎么就轻易把他当成没有干劲的人呢?

"月经不是病。"

很多人都这样想。哪怕同为女性,也有人说过我因为月经请假太矫情。我不知道 PMS 算不算病,也不指望别人的同情和担忧。然而,这绝不是心情的问题。我的身体就是不听使唤,无论我怎么努力,也无法控制情绪。如果能治好这个,我什么都愿意做。曾经,我也很烦恼于周围的人为何不理解我。但是没想到,我在面对他人的疾病时,竟跟那些轻视妊娠和月经的男人一样无知。

虽说是因为 PMS，但是喝碳酸饮料遭到如此夸张的反对，山添君一定觉得很不服气。

发病时，山添君看起来真的痛苦得快死了。公司的人应该不知道他有惊恐障碍。他是不是没把自己的病告诉任何人呢？灰败的脸色、又长又乱的头发、没有张力的声音。我也许是少数几个知道他有惊恐障碍的人之一。

不知是因为妄加指责的歉意，还是怀有同样烦恼的病友意识，总之既然我知道了，就不能坐视不管。

*

"干什么啊？"

周六，我按响山添君家的门铃，平时面无表情的山添君打开门时，脸上露出了一丝惊讶。

"你好，你还在睡吗？"

"这都下午了，早就起了。"

山添君穿着睡衣，顶着乱蓬蓬的脑袋回答道。

"是吗？也对。"

"你有事吗?"

"不是,我只是一直觉得你的发型太糟糕了。"

"发型……?"

"上个月山添君入职时,我就觉得有点夸张了,现在简直看不下去……"

"你休息日专门跑来对我说这个?"

山添君皱起了眉,没精打采的脸上又添了几分阴云。

"没有没有,我想帮你剪头发。"

"什么?"

"剪头发,山添君的。"

我从包里拿出了专用的剪刀,山添君眉间的皱褶更深了。

"我不明白你在说什么。"

"你的头发太长了,我来帮你剪。我能进屋吗?"

快到十二月,户外太冷了,我冻得直哆嗦。

"藤泽小姐,你太可怕了。"

说完,山添君就让我进去了。

屋里跟屋外一样陈旧,只有一个大约七平方米的单间,搭配着简陋的厨房,看起来很煞风景。

"打扰了。"

"屋里有点乱……"

"哦,没关系。"

虽然被褥一直铺着没收拾,但因为没什么东西,房间看起来还挺整洁。

"我是不是该给你泡个茶?哦,没有茶。喝水可以吗?"

山添君站在厨房问道。我摇了摇头。

"你别在意,我只是来剪头发的,剪完就走。"

我放下包,又拿出了梳子和围裙。山添君站在一旁呆呆地看着,他的头发已经快要留到肩膀,完全看不出原来的发型。且不说时髦不时髦,看着就不太健康。

"藤泽小姐以前是理发师吗?"

呆若木鸡的山添君说道。

"理发师?"

"来现在的公司之前。"

"不是呀。"

我以前在化学制品公司工作,后来打零工也是在超市和家庭餐厅,去理发店只是单纯当顾客。

"那为什么？"

"什么为什么？"

"为什么想起来要剪头发，还是给别人剪头发？"

"因为山添君的头发太长了，那个……实在是难以恭维。我觉得你剪了头发应该会觉得清爽许多。"

昨天夜里，我查了很多关于惊恐障碍的信息，其中有一篇文章就说，患者最大的难关是去理发店和看牙医。因为一动不动地坐着让别人摆弄会造成强烈的紧张感。正因为这样，山添君的头发才会这么邋遢。我一直是个手巧的人，虽然没给别人剪过头发，但应该不太难。

给山添君剪头发吧。我觉得自己想到了特别好的主意，顿时来了劲，买好理发用的剪刀和围裙就上门去了。

"我们速战速决吧。剪头发的过程中你可以自由活动，没关系的。对了，碳酸饮料喝起来，口香糖嚼起来。"

"这是我自己家，应该不会发作的。"

"是吗？那就……嗯……"

我四处看了看，却没见到椅子。山添君的屋子里只有被褥和矮桌。

"只能坐地上了。好了,开始吧。"

我把被褥推到一边,在桌上摆开了围裙、剪刀和梳子。

这时,山添君说道:

"我好像没答应剪头发吧。"

"可是都这么长了呀。"

"嗯,没关系。"

"哦,对了,你别跟我客气,我不收钱。"

"那当然啊,藤泽小姐又不是专业的理发师。"

"那还犹豫什么?在自己家免费理发,你不觉得很划算吗?"

"哪里划算了?"

"预约理发,准时到达理发店,披上厚重的围裙,陌生的理发师一直贴在身后,沉重又无法放松的椅子,镜子里映出的自己。相比之下,让我剪头发,简直是天堂不是吗?"

"太乱来了……"山添君嘀嘀咕咕地听我说完,最后还是点了点头,"不过有道理。"

"那就这么定了。既然定了,就赶紧行动吧。"

我让山添君坐在矮桌前,自己则半跪在他身后。孤男寡女共处一室的想法瞬间闪过脑海,不过山添君像个毫无气势的空壳,我丝毫没有感到害怕和紧张。

"你想要什么发型?"我一边给他梳头一边问。

山添君回答:"随便。"

"随便?那你平时是什么发型?"

山添君的头发蓬松柔软,如果去了埋发店,应该能做个很好看的发型。

"我每次都去车站门口的十一号美发室,剪个尽量短又不奇怪的长度,这样就很长时间不用理发了。"

"那我就随便来了。"

我没去过十一号美发室,但知道那是个便宜又快捷的理发店。看来他并不在意发型。我咬咬牙下了剪子,山添君惊讶地开了口。

"你一下剪好多啊。"

"嗯,别担心。我先给你剪个合适的长度,再慢慢修。"

"原来如此……"

山添君嘴上答应着,还是转过了头。

"哎,太危险了。你干吗呀?"

"不,我只是在感叹,这竟是那个藤泽小姐。"

"哪个藤泽小姐?"

"你在公司不是很老实又很在意周围的人吗？没想到那样的藤泽小姐竟会突然跑到别人家来，张口就要给人剪头发。我一瞬间以为自己认错人了。不过无论是什么人，也不会主动给别人剪头发吧。"

"是吗？"

"藤泽小姐原来这么大胆。"

"大胆？"

性格软弱老实，我从小就只能得到这样的评价。大胆，这个词似乎离我无比遥远。我只是想给山添君剪头发就来了，并没有多想，不过现在看来，这个行动确实可以称之为大胆。对啊，原来我也能得到不一样的评价。想到这里，我顿时很高兴。

"那我开始啦。"

"嗯……"

先让鬓发与耳垂的线条齐平，并顺着它剪短后面的头发。每次下剪，头发都会往外滑走，很难剪整齐。我左手扯住头发，正要继续剪，山添君却一动不动地开口了。

"藤泽小姐原来想当美发师啊。可你怎么选择了完全没关系的职业呢？"

"美发师?"

"现在你虽然做着不同的工作,但你其实想当美发师吧?"

"没有啊。"

这种累人的活,我可干不来。

"你既不是美发师,也不想当美发师,却给人剪头发……这围裙和剪刀是怎么回事?"

山添君在自己家可能比较放松,连声音都比平时更沉稳。

"我在百元店买的,那里真的什么都有。"

"藤泽小姐,你真奇怪。"

"是吗?"

我嘴上答应着,心里却渐渐焦急起来。我以为理发很简单,可是怎么剪都剪不好。

"藤泽小姐,没问题吧?"

"也许……啊,不如先剪刘海,找找平衡吧。"

"哦……"

脑袋后和两侧的头发不知不觉就剪到了耳朵上方,可能实在太短了,整个脑袋变得像锅盖一样,十分滑稽。我觉得肯定是整体不太平衡才会这样,就试着把刘海剪到了眉毛之上,可就是成不了我想要的发型。

"哎，太奇怪了……"

"藤泽小姐，我能去照照镜子吗？"

"不是，等等，再给我一次机会。"

"什么机会啊？难道你失败了？"

"我才没失败。要知道，发型是自由的。"

"我去照镜子了。"

山添君说完，起身去了洗手间。

糟糕，我以为理发很简单，没想到这么难。无论我怎么努力，山添君的发型都不可能称得上时髦了。他可能大受打击，过了好久都没回来。

"你没事吧？"

我朝洗手间喊了一声，但是没有回应。这下糟了，他肯定是看到发型受了惊，病情发作了。

"山添君，你的药在哪里？"

我跑到厨房倒水，同时问道。

"不是……藤泽小姐……"

山添君有气无力地走了出来，一屁股坐倒在地。

"振作点，冷静下来。来，这儿有水，快喝水。"

我把杯子塞了过去。

"不行不行……我一喝水就要喷了。"

山添君抖动着肩膀说。

"你怎么了？要不要吃药……"

"不是那个……"

"不是哪个？"

"不，这个……太奇怪了。"

"嗯，因为太奇怪了，你觉得很难受是吧？对不起，我会想办法的。"

我轻拍着捧腹坐在地上的山添君的背部。

"不，不对。"

山添君的身体在剧烈地颤抖，肯定是呼吸过速了。

"你要纸袋吗？是用纸袋吗？"

"都说了不是那个……已经两年了。"

"已经两年怎么了？"

"已经两年没笑过了……真是太久没笑了，现在肚子好痛……"

山添君抬起头，抱着肚子发出了无声的大笑。

"笑？洗手间有什么好笑的吗？"

"不，我是说这个发型。你见过有人留这样的头发吗？"

山添君似乎控制不住笑声，断断续续地说。

"难说啊……好像见过，又好像没有。"

"前面和后面都是笔直的，这怎么看都像木芥子[1]啊。"

"哦哦，被你这么一说还真像。"

耳畔和眉上一刀切的发型，还真的很像木芥子。

"这个样子的上班族也太奇怪了，走在路上搞不好要被警察拦下。怎么看都像要跟宇宙通信的怪人啊。"

"对不起……我还以为很简单的。我会想办法修好。"

山添君还在笑，没想到我给他剪的发型竟这么好笑。这下我惭愧得头都抬不起来了。

"啊，等等，你修剪之前，再让我照照镜子。"

山添君说完，又走进了洗手间。"这么久没笑，竟然因为自己的脸笑了。"这回，他笑出了声。

---

[1] 木芥子：源自日本东北地区的人偶，以木制雕刻，有着简单的躯干及刻意放大的头部，配上几条用来表示脸部的线，没有手脚是其一项特色。以红色、黑色为主色，每个人偶底部均有工匠签名。——编者注

后来，我们在洗手间里对着镜子修理了发型。山添君自己剪刘海，我则根据他的提议修剪后面的头发。

"不要剪成笔直的，随便剪几刀。要竖着剪。"

"嗯，呃……"

我试图按照山添君的说法动剪子，但是太不好弄了。我很担心失败，紧张得两手直颤。

"藤泽小姐，放松点。"

"知道了。"

"要是剪不好，还可以剃光头。"

"有……有道理。"

"可以呀，很不错，有模有样的。"

"真的吗？"

"真的真的。啊，这样就可以了，接着换右边吧。"

"啊，嗯。"

我完全丧失了自信，全程听从山添君的指示，仔细剪了好久。

好不容易剪好了。虽然刘海太短，后面又像狗啃的，但至少不再像木芥子。

"那个……真对不起。"

我从包里拿出手持式吸尘器和垃圾袋,开始打扫房间。

"你准备得好周到啊。"

"你要来点吗?"

我递了口香糖给他。

"好方便啊。"

山添君拍掉了落在衣服上的散发。

"那我先走了。"

我匆匆系上装了头发的垃圾袋,转身走向门口。我真的很想尽快从这里消失。

"垃圾我来扔吧。"

"不,还是我来……"

"垃圾站就在楼下,而且你把头发带回去也太吓人了。"

"是啊,也对。那就……"

我把垃圾袋递给他,立刻走了出去。外面还剩下几缕残阳。

这样应该可以了吧,反正他的头发变短了。不过到头来,这只能算是山添君自己剪的头发,又算不上什么发型。不对,既然变清爽了,那也算一件好事。我试着说服自己,突然转念一想——两年?两年都没笑过,那简直比任凭头发留长还夸张啊。

4

"哎哟,山添君,这大冷天的,你一下子变得好清爽啊。怎么,现在流行这样的?"

周一刚到公司,社长就这样说。

"我也不知道……"

起床后,我想办法打理了一会儿,但胡乱剪短的头发怎么弄都很奇怪。

"现在的年轻人不都喜欢乱七八糟的头发嘛。"

住川女士帮我圆场时,藤泽小姐在旁边一脸歉意地看着我。

"比以前好多了,山添君原来这么有男人味啊。"

社长笑着拍了拍我的肩膀。

平西先生也夸奖道:

"山添君,剪完头发清爽了不少啊,好像年轻了十岁呢。"

连沉默寡言的铃木先生也看了我一眼,嘴角勾起微笑,仿佛在说:"挺不错嘛。"

剪完头发视野变开阔了,心情也美丽起来——这种情况当然不可能出现在我身上，不过听了大家的话，我还是挺高兴的。

"要是年轻十岁，我就变成一年级的小学生了。"

若在以前，我肯定会这样回答，逗大家发笑。

在以前的公司，我会跟上司互相开玩笑，会在下班后跟同事喝一杯，积极与人交流。但是在这里，我只会说最低限度的话。这里面固然有惊恐障碍的影响，但很难说都是因为这个。公司的人都很好，但他们缺少干出一番事业的热情。社长从不想着增长业绩，大家好像也都只求一份过得去的工资。平西先生平易近人，但并没有把自己的优势发挥在跑业务上面；铃木先生以前是个工匠，只会默默地按照自己的节奏工作。虽然也有年龄大的因素在里面，但我总觉得他们闲散过头了。

有时我会想：这样的工作状态真的好吗？如果没有惊恐障碍这个病，我还会待在这样的公司里吗？但是这样想没有用。现实就是我没有积极行动的力量。这是一份没有加班也没有竞争的轻松工作。这个公司正适合现在的我。

藤泽小姐为什么待在这里呢？她虽然没有理发的才能，但平时工作起来麻利又认真。听说她比我早三年跳槽到这里，那她选择这里的理由是什么？莫非跟 PMS 有关？但那跟我没关系，问了也是多管闲事。

"大家量力而为,注意安全,好好工作吧。"

听到社长每天几乎一个样的招呼,我默默将碳酸饮料放进冰箱,走向了仓库。

"外面到处都是圣诞节的装饰了,山添君,你这么年轻,竟然不感兴趣吗?"

午休时间,社长吃着便当问道。

"嗯,不太在意。"

尽管我只能做些近乎敷衍的回答,社长还是每天都找我说话。

"是吗?不过我家自从孩子独立了,也相当于不过圣诞节和生日了呀。"

说完,社长笑了笑。

以前只要是节日,我都会跟朋友或女朋友一起过。可是得了惊恐障碍后,我就与那些活动无缘了。今天是十二月二日,离圣诞节还有二十多天。嗯?应该差不多了吧。想到这里,我看了一眼台历。

我记得月经周期一般是二十八天左右。上次藤泽小姐爆发,好像是十一月七日或八日。现在已经过去二十五天了。

我偷偷看了她一眼,藤泽小姐正在啃面包,顺便跟住川女士聊天。她有食欲,那么应该没问题。我看着她的背影默默思考,突然发现了异常,她脖子上的肌肉隆起了。屋子里暖气很足,她还觉得冷吗?不,是因为她绷着肩膀。那个人的呼吸方法有问题啊,她怎么就没注意到自己如此明显的身体变化呢?

"藤泽小姐,请跟我来。"

我走到她旁边,小声说道。

"啊?"

藤泽小姐捧着茶杯,抬起头来莫名其妙地看着我。

"别愣着,快跟我来。"

"跟你去干什么呀?"

"这边。"

说完,我拉着藤泽小姐的手走出了办公室。

"哎,你干吗?很冷啊。"

"再往前走走,公司隔两栋楼外有一块空地。"

"空地?"

"看,到了。"

"什么到不到了。你突然拉我出来干什么？"

藤泽小姐被我半推半拉地走到空地处，终于发火了。

"你这人怎么回事？外面那么冷，我还在吃饭呢。"

她的音调比平时更高，语速也更快。果然没猜错，PMS快开始了。

"是啊。"

"你什么意思？"

"好了好了，请别生气。"

"别无缘无故拉人家过来啊。"

藤泽小姐的声音在冰冷的空气中格外尖厉。她恐怕得发一会儿脾气了。自从得了惊恐障碍，我就没什么食欲，大可以跳过中午饭。不过外面实在太冷了，我很想自己一个人回办公室，又担心藤泽小姐会找路人的麻烦。要不先买点热乎的饮料来吧。

"藤泽小姐，能麻烦你一个人在这儿生气一会儿吗？我去买点饮料来。"

"啊？一个人在这儿生气一会儿？你什么意思啊？突然被人拉出来，哪有不生气的。"

"可是你不觉得冷吗？"

"就是因为冷,又被你拉出来,所以才发火啊!"

藤泽小姐骂得很大声,眼眶却湿润了。她的情绪恐怕已经变得一团糟。

"我先去买饮料,请你留在这儿拔拔草吧。拔草的动作可能会让人舒服一点。"

周围都是小作坊和工厂,一条路上就有三台自动售货机。我跑向最近的一台,买了两瓶饮料。我匆匆赶回来时,发现藤泽小姐真的蹲在空地上拔草。

"舒服点了吗?"

"怎么可能?你到底要干什么啊?"

"这个给你,可以拿去喝,也可以捧着暖手。"

我把饮料递过去,藤泽小姐嘀咕了一声"茉莉花茶"。

"我猜你应该不能喝有咖啡因的东西吧。"

"确实。"

"啊,等等。"

见藤泽小姐要拧开瓶盖,我慌忙制止了。茉莉花茶好不容易让她稍微平息了怒火,万一听见开盖的声音又爆发了可不好。

"这个给你。"

我轻轻拧开瓶盖，递给了她。

"干什么啊？我自己也能开。"

藤泽小姐皱起了眉，好像反而被我激怒。

"好了好了，喝口茶冷静冷静。"

"干什么啊，烦死了。"

"对对对，快喝吧。"

"对对对什么啊。"

"知道了，对只能说一次。我下次注意。"

我随口应付着她，自己也喝了一口茉莉花茶。虽然藤泽小姐在毫不讲理地发火，但我现在知道那只是暂时性的，也就没觉得怎么样，甚至产生了一点好奇，想知道怎么才能平息她的怒火。

"山添君，我觉得你这人有点怪。"

"是啊。"

"是什么啊，我说的就是你。"

"啊，对了，藤泽小姐。"

"干什么？"

"是藤泽小姐害我变成了木芥子的发型，没错吧？"

"啊，嗯……"

"我今天上班的时候,为这个头发烦恼了好久。真的是拼了老命打理,担心自己一辈子都没脸见人了。"

"哦……"

正在气头上却反遭指责,藤泽小姐发出泄了气的声音。

"藤泽小姐自以为是地产生了帮别人理发的想法,而我则成了你好奇心的牺牲品。"

"也……也对啊……"听我说完,藤泽小姐的肩膀耷拉了下来。看来她的后悔胜过了怒火。

"那就快喝吧。"

"哦……"

"别垂头丧气的呀,其实睡了一晚上,这发型已经变得很自然了。"

"哦……"

藤泽小姐没精打采地喝了一口茉莉花茶。

医生说,正因为只关注着自己的身体,才会引起发作。在被别的事情吸引了注意力,或者情绪集中在其他地方时,就不容易发作。我猜,PMS 的怒火应该也差不多。现在藤泽小姐只顾着叹气,已经不再发火了。

午休结束后，藤泽小姐有点贫血，便申请了早退。社长说："最近流感盛行，不如大家都早点下班吧。"于是，我们四点就收工了。

换作以前，只要提早下班，我肯定会特别兴奋，想着呼朋唤友去喝一杯，或是到新开张的店探察一番。

可是现在，我什么想法都没有。家是最令人安心的地方，能回到家，我就很高兴了。然而即使在家里，我也没有想做的事情。

自从那天惊恐障碍发作之后，我的生活就彻底发生了变化。

我辞去了工作，接着就是取消各种预约——为女朋友过生日预约的餐厅、跟朋友约好的烤肉、理发店、每周去三次的健身房。无论多么琐碎的预约，都变成了天大的恐惧，令我难以成行。

就算出不去，也能看书、看碟，然而我连做这些事的气力都没有。我的生活彻底没有了想做的事情。我再也不明白活着的意义，每天唯一庆幸的就是一天又过去了。我实在想不出该如何回到从前的状态。

莫说外出，我连读书、听音乐都不再去做，空闲时唯一会做的事情，只剩下上网浏览惊恐障碍患者的博客。尽管只会越看越慌，可我还是忍不住想知道自己的病会如何发展，患有同样疾病的人内心感受如何。

网上有许多关于惊恐障碍的页面。

有的网站指责医院将患者打造成药罐子，一旦依赖药物，就会因为戒断反应而烦恼。

有的网站断言只要补铁就能治好，只要喝花草茶就能治好，只要箍牙就能治好，全无科学依据。

有的想法很积极，认为得了惊恐障碍后，自己终于认识到了真正重要的是什么；有的想法很悲观，觉得不如死了算了；有的很淡定，认为这个病只需耐心适应；有的很片面，觉得惊恐障碍不过是思考方式的问题；有的则很牵强，说绝对不能输给这个病。

人们对惊恐障碍的理解多种多样，其患者也各不相同。

我不知道什么是正确的，什么值得相信。可是，我并不打算长命百岁。虽说没有特别想死，但在看不到前路、毫无乐趣的孤独生活中，我也并没有很积极地想活着。如果对戒断反应感到很痛苦，那就吃药吃到死吧，最重要的是避免痛苦。所以，我从来都是毫不犹豫地吃药。

回到家中，我打开电脑，浏览器还保留着昨天看过的网站。那是一个快三十岁的惊恐障碍患者的博客。

患上惊恐障碍三年,我终于被诊断为抑郁症。活着,太痛苦了。

啊,他一定很难受吧。据说罹患惊恐障碍的人,起码百分之五十会并发抑郁症。我并没有自信不成为那一半人。只是,若现在的症状再加上抑郁,我真的不敢想象自己会变成什么样。

正因如此,我才会勉强自己去上班,并在一天结束时强迫自己洗澡。我不能让生活变得更破碎。

我感到异常消沉,关掉标签页不准自己再看下去,随后想起了藤泽小姐,便开始检索PMS。

虽然我没有真正遇见过,但似乎有很多人为PMS而烦恼。有的人跟藤泽小姐一样,无法控制内心的烦躁;有的人明明不伤心,却有莫名其妙的感情波动,泪水怎么都止不住;甚至有的人全身脱力,一动都动不了。

惊恐障碍、PMS、抑郁症。明明是自己的身体和自己的精神,却不受自己掌控,这种病实在太多了。

我渐渐看累了,便合上电脑。

我吃了并不想吃的能量补充食品,洗了澡,刷完牙,然后吃药。

　　吃完药钻进被窝里，我的身体变得轻飘飘的，有一种舒适的悬浮感。唯有沉浸在这种感觉中睡去的一刻，才是我最爱的时间。只有睡觉时才能感到幸福，这样的人生或许有些孤独。不过，今天成功抑制住藤泽小姐的怒火时，我也感到了几分得意。想着想着，我便睡着了。

5

由于肚子痛没食欲,晚饭我只吃了点酸奶。我怕不吃东西不好,所以养成了即使再难受,嘴里也要有的吃的习惯。好不容易吃完酸奶,我正喝着无咖啡因红茶,手机就响了。

我看快到时候了,你还好吧?记得要保暖。

母亲每月都会给我发一条信息。她可能担心说多了我会烦,每次都只有三言两语。

今天已经来了,不过我还好。谢谢。

我也用三言两语回复了她。

刚开始独立生活时,母亲很担心我,总是给我发信息。尤其在辞掉上一家公司的工作后,她每天都给我打电话。不仅如此,母亲还经常给我寄她说对生理痛和PMS有改善作用的茶和食物,

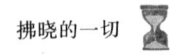

或是刊登了健康疗法的杂志。

她是想让我过得轻松一些。我心里很清楚,但也很痛苦。PMS已经跟随我超过十年,能试的我全试过了。现在给我提这样那样的建议,只会造成负担,我也不想翻开那些杂志看什么忽悠人的健康疗法。世上总有一些人抱着救命稻草的心态,去相信"做体操治好癌症""喝醋让瘫痪在床的祖母站了起来"这些毫无根据的健康疗法。那些人的痛苦,区区PMS完全无法相比。一想到这里,我就万分痛心。

找到现在这份工作时,我对母亲说:"换了工作后,我基本不怎么烦躁,生理痛也减轻了。"母亲在电话里马上松了口气,说道:"果然是压力太大了呀。"后来,她的电话和东西就渐渐来得少了。不过她还会每月给我发条信息,恐怕并不认为我已经好了。我都毕业工作了,还整天让母亲担心。虽说父母都会担心孩子,可我真不知道一直这样下去好不好。

不过话说回来,这次的怒火比以往安静了不少。我被山添君拉到外面拔草,又喝了茉莉花茶,心里的烦躁不知不觉就平息了。也许是山添君提起我为他理发失败的罪状,我连怒火都萎蔫了。还是说,拔草的感觉真的能让心情爽利?

问题在于，山添君怎么看出来我快发火了？

午休快结束时，我们俩一起回了办公室。住川小姐笑眯眯地说："你们什么时候在一起啦？还突然牵着手出去。"社长在旁边提了一句八竿子打不着的忠告："老阿姨要是太八卦了，本来能成的也成不了咯。"山添君则若无其事地回答道："我只是见藤泽小姐有点烦躁，就拉她出去了。"

难道我烦躁得那么明显，旁人一眼就能看出来？还是因为他有惊恐障碍之类的心因性疾病，对他人的情绪起伏特别敏感？不管怎么说，这是头一次有人发现我在爆发前的细微变化。

突然发作时难受得想死，不敢置身于交通工具和理发店等不能动的地方。对于惊恐障碍，我还是了解一些的，那真的是不知何时发生，完全随机却令人想象到死亡的发作。像我这样固定每月一次的烦躁已经很难受了，那种发作一定更可怕吧。我想象着那个光景，眼前浮现出山添君灰败的脸色。

虽然称不上帮我发散怒火的回礼，但我还是想为他做点什么。上次理发并不顺利，这次一定得派上用场。营养剂、花草茶、芳香疗法，我尝试过的东西，山添君恐怕也很了解。

能让他感觉轻松一些的东西，那是什么呢……我开始审视自己。无论做什么，症状都没有很大的改善。不过自从我来到现在的公司，愤怒爆发后的低落已经缓和了许多，对烦躁情绪的不安也大为减轻了。那是因为公司的同事都知道我的情况，并且接纳了我。

我记得网页上说，发作给周围的人带来麻烦的不安反而会助长惊恐障碍。如果周围的人都能理解这种发作，山添君会不会轻松许多呢？

*

翌日早晨，我早早出了门。社长就住在公司附近，习惯每天八点就坐在办公室看报纸。

"早上好。"

我打开办公室大门。

"藤泽小姐，你怎么这么早？"

社长架着老花眼镜，惊讶地看着我。

"我有点事情想跟您说……"

我走到自己的座位上放下东西，拐到了社长面前。打扰到他上班前的时间，我心里有点过意不去，但社长合起报纸，爽朗地笑了笑。

"怎么,你要搞内部告发吗?"

这家公司没有内部竞争,员工们也没有野心。大家都只想安安稳稳地完成自己的工作,根本找不到能告发的问题。

"不,我想跟您谈谈山添君。"

社长挥挥手,让我在旁边的椅子上坐下。

"山添君?哦,你是说那种事啊。没想到我这把年纪了,还要为别人当丘比特呢。"

"丘比特?"

"啊,嗯。其实我有点猜到了,你们挺般配的。"

社长笑容满面,我却摇了摇头。

"不对,大错特错。"

"不对吗?"

"是的。我不喜欢山添君,山添君可能还有点受不了我。"

"啊?这样啊……那到底是什么事?"

"山添君之前不是突然很难受吗?"

"后来藤泽小姐还送他回家了吧。哦,你是那时候喜欢上他的?"

"不是，都说了完全不是。"

社长似乎很想把我们凑成一对。我再次斩钉截铁地摇了摇头。

"山添君经常迟到，还总是很难受的样子，甚至上班嚼口香糖，不过那都是……"

"藤泽小姐，你看得好仔细啊。"

社长还是笑眯眯的。我决定不管他，兀自说下去。

"我觉得那应该是惊恐障碍的原因……呃，那是一种心因性疾病，并非身体有问题，但是会突然发作。上次他难受倒下，可能就是因为这个。"

社长可能没听过那个病名，我就解释了几句。

"哦，我也猜是惊恐障碍发作。"

社长竟很自然地回答道。

"您知道吗？"

"他本人没说过，但我猜了个大概。不过我不了解这种病，也可能理解得不到位。"

"哦……"

我一开始还担心社长听到这个病会很吃惊，没想到他已经有所察觉。

"山添君工作完成得不错，所以没什么问题。不过，他自己应该很难受吧。话说，藤泽小姐怎么突然提起这个了？"

"啊，不是，那个……"

看来跟理发一样，这回又是我好心办坏事了。我缩着肩膀，对社长坦白了想法。让大家知道自己的PMS症状后我觉得轻松了许多，所以我猜，要是山添君不用再隐瞒自己的病情，是不是也会感到轻松。

"原来如此，真像藤泽小姐的性格。不过，有的人公开后会轻松许多，有的人反倒不公开更放心。这有点难办啊。"

"是啊。"

我很理解那种不想让人知道的心情。可是，他面对的是毫无征兆、突如其来的发作。如果能坦然说出那是惊恐障碍，应该会轻松很多吧。

"其实我也得了一种病，三十多年都没治好。"

社长看着我，平静地开口道。

"三十多年……"

得了这么久的病，是什么疑难杂症吗？听到社长突然坦白，我不由得屏住了呼吸。

拂晓的一切

"我试过用药,也看过医生。还试了在洗澡水里面放醋,天天吃梅干的偏方。但是完全治不好。"

社长的话让我胸口一紧。母亲以前寄给我的健康杂志上,经常出现使用醋和梅干的偏方疗法。社长都不得不依赖这些了,他究竟得了什么病?

"一到梅雨潮湿季节,就特别难受。可是,我不希望任何人知道这个病。所以啊,我能理解山添君的心情。"

社长云淡风轻地看着我。我已经顾不上去想山添君是否应该公开自己的病情了。这么温柔善良的社长,竟然得病了……

"社长,您还好吧?"

我不知该怎么问候他的病,只能这样说。

"挺好的。现在我都穿五指袜,可舒服了。"

"五指袜?"

"对,抗菌防臭的袜子。一双要八百日元呢。"

"抗菌防臭……"

"对呀。啊,你可别告诉他们。万一知道我有脚气,他们都要嫌弃我了。"

"脚气……啊,哦,原来是……脚气啊。"

这个并不严重的病名让我一时间无所适从。

"抱歉,抱歉,把山添君和藤泽小姐的问题跟脚气画等号,有点没礼貌吧。"

"啊,不会不会。"

"虽然肯定没有两位那么痛苦,不过平西先生在发愁脱发的问题,铃木先生有腰痛的老毛病,住川女士更是一年到头肩膀酸痛。这世界上啊,其实没多少身心两方面完全健康的人。"

社长说着,耸了耸肩。

"也对啊。嗯,脚气好像也不好受吧。"

听了我的话,社长笑着说:

"藤泽小姐真善良。我这脚气有些年头了,我也早就习惯了。不过呢,我虽然没告诉任何人,老婆却好像知道了,总是给我的鞋子里放炭包,还经常帮我晾晒拖鞋。"

"这样啊。"

"她可能只是不想被传染,不过在我看来,有这么一个人默默关心我,还是轻松了不少。也许山添君也一样吧。"

说完,社长"嗨哟"一声站了起来。住川女士马上该到公司了,我也回到了自己的座位上。

为一个人减轻负担,并不是强行为他理发,也不是擅自泄露他的秘密。默默地在鞋子里放炭包,也许这种小事,就能减轻对方的痛苦。

6

十二月二十八日到一月五日是新年假期。虽然假期很长，我也没地方可去。回老家要四个多小时的车程，自从我得了惊恐障碍，就一次都没回去过。

"我实在请不了假，这个时期太忙了。"

打电话提起这件事时，母亲不服气地说："今年也是？我都两年没见你了。"

"嗯，明年应该能回去。"

"孝俊，你去年也是这么说的。"

"抱歉。可是，呃，我被托付了很重要的工作。"

"过年都不让休息，你那是什么黑公司啊。"

母亲抱怨完，我又听见父亲在远处说："证明他负责的工作很重要，那不很好吗？现在正是年轻人奋斗的时候。"

"总之我这边很好，等有空了，我就回去。"

"好吧，既然是工作，那就没办法了。"

"嗯，对不起。"

要是再说下去，谎言恐怕就要穿帮了。我急急忙忙结束了通话。

明年回去，我虽然这么说了，但没多大希望。现在我连每站停车的电车都坐不了，新干线和飞机更不能考虑。而且，万一跟家人在一起时发作了，大家肯定会很受打击。看到我这个样子，父母究竟会怎么想？虽然外表没有大幅度的变化，但现在的我很明显失去了以前的气势。

我曾经想过，哪怕只跟家人坦白惊恐障碍的事情，或许也能轻松一些。就算我不能移动，父母也能来看我。我也没必要对他们撒谎了。

可是，父母听了一定会备受打击。他们会怀疑是不是自己没培养好孩子，然后特别失落。再加上他们也不太可能完全理解心因性疾病，所以无论我怎么解释，他们还是会认为这病有原因，肯定有办法治，然后瞎折腾一番。

父母知道我换了住处，但我并没有告诉他们辞职和再入职的事情，他们都以为我在这里过着一帆风顺的日子。其实这样对他们更好。虽然不得不撒谎，但实在没必要让他们知道这些不好的消息。

我时常想，这个病真够可以的，既不用做手术，也不用住院，只要不发作，就没有疼痛，也不觉得难受。然而我不能在外面吃饭，不能坐电车，必须尽量避免跟别人在一起。我甚至见不到家人，只能过着悠闲独处的生活。这种日子究竟要持续到什么时候？虽然我已经习惯了，可是想到未来，我还是感到毛骨悚然。

为期九天的冬季休假，我不能在家里整整蹲九天。本来外面天气阴沉，心情就很郁闷了。我心里想着必须隔天出门一次，可是到了年底实在不想出去，就这么拖延到了新年第五天。工作和约定，如果没有这些强制的因素，我连出去的想法都很难有。

"以前一下大雪，到处都被积雪覆盖，所以人们在冬天只能歇着。现在啊，无论什么天气都有能去的地方，倒也挺让人郁闷的。"

我老家每年都有大雪，爷爷总是这么说。

夏天去海边，冬天爬雪山，每个季节都有娱乐的地方，这样多好呀。曾经，我是这么想的。然而冬季是闭塞的季节，铅灰色的天空让人难以分辨究竟是晴天还是阴天。天气异常严寒，冻得人舒展不开身子。冬季是一个不适合活动的季节。

可是再这么下去，六号上班恐怕会很痛苦。休假时间越长，我就越难打起精神。我应该活动活动身体，呼吸一下外面的空气。不如到附近的神社去拜一拜，顺便散散步吧。一月五日，我下定决心，穿好衣服，出门去了。

新的一年开始了，我的心情比平时要轻松一些。在屋里明明那么没有动力，可是一接触到外面的空气，我就有了新鲜的感觉。即使患有惊恐障碍，我在新的一年或许还是能有些许期待的。

走下楼梯，顺着道路前行，穿过商店街，再走一段狭窄的上坡路，前方就是小小的神社。

虽然只隔了一小段坡道，但神社毕竟是敬神的地方，气氛远比商店街和车站更肃穆。只不过，虽然是新年，这里却没有人来。只有一座小祠的神社，大概就这样了。我往功德箱里投了一枚百元硬币。虽然没有人听，但我还是不好意思祈祷"希望惊恐障碍能治好"，只是合掌嘀咕道："希望身心都健康。"

接着，我站在小祠前方做了好几个深呼吸，将新鲜空气吸入体内。冬天干冷的空气激活了身体，感觉很好，就这样吧，该回去了。我达成了一个目的，心里非常高兴。快十二点了，我往家里走着，因为没吃早餐，肚子有点饿了。

商店街摆出来的小摊飘来了炒面的香味。啊，炒面挺不错的。我总吃能量补充食品和便利店的面包，偶尔来点热腾腾的炒面也好。小摊前面没有人排队，我赶紧买了带回去吃吧。

想到这里，我走向正在大号铁板上炒面的老板，点了一份面。

老板说：

"啊，你等会儿。我刚接到五份炒面，装好了再给你炒。"

"哦……好。"

那个瞬间，我的内心开始动摇。

他要把正在炒的面装进五个盒子里，然后重新开始炒。炒面有肉、有菜、有面，然后还要调味。炒好一份究竟要多长时间？老板已经开始打包了。没关系，应该挺快的。

"给你多放点肉啊！"

老板笑着做起了新的炒面。

"谢谢。"

肉就不用了，最好能快点。我觉得喉头有点发堵，于是拉开了羽绒服拉链。裹得太紧就会难受。我轻轻摇晃着身体，注视着老板炒肉炒菜的动作。这时，一个大婶来拿炒面了。

"五盒面，一共一千五百日元。"

"好的好的。"

大婶开始摆弄钱包。

求求你,快付钱吧。不行,我不能焦虑。我慢慢地做起了深呼吸。注意力集中在吐气上,慢慢来。

"找你五百。小哥,你再等等啊。"

老板终于把面加到铁板上了。只要等面炒熟,浇上酱汁拌匀,就完事了。我已经撑了这么久,那就再撑一会儿吧。出门时我吃了药,不可能发作。这里可是户外,又通风,我还可以自由移动。我一直在劝说自己,却还是产生了眩晕感。老板给我多放肉了,再等三分钟我就能打包带回家。这不是很快吗?不,不行,我已经到极限了。刚才还让我犯馋的酱汁香味现在反而成了胃部的负担。再这样下去,我就要倒下了。我对老板说:

"不好意思,我不要了。"

"啊?都快做好了。"

"对不起。"

老板已经在装盒了,然而,我的身体连那三十秒都等不了。我站在寒风中,已经满身是汗。我只想回家。

"喂,小哥,你怎么了?"

我顾不上老板的呼唤，快步朝家里走去。

我拼命赶路，觉得自己快不行了，可是在看到公寓的那一刻，剧烈的心跳和眩晕瞬间就恢复了正常。怎么，原来不是发作吗？

我常常遇到要发作又不是发作的情况。一有发作的预感，我就慌忙吃药躺下，结果很快就恢复正常了，仿佛什么都没发生过。这种事已经不止一两次。这次也是我想多了。早知道就多等一会儿了，想到老板得意地给我多放肉的表情，我不禁胸口生疼。

医生说过，在意别人的目光不好，你就放任自己在哪儿发作都行。我自己也渐渐明白了，突然发作给别人添麻烦的情况其实并不多。尽管如此，惊恐障碍的麻烦之处在于让人失望。我已经习惯了因为发作而惊吓到别人，也习惯了别人的同情。然而，我怎么都习惯不了令人失望。就算是素昧平生的炒面摊老板，一想到他失落的样子，我就受不了。

我要是能多坚持一会儿就好了。带着这个想法，我打开了公寓门前的邮箱，发现里面有个纸袋，还有个信封。信封上写着我的住址和姓名，但是没有写寄信人。纸袋上非但没有寄信人，连收信人都没写。这是怎么回事？我打开纸袋查看，里面有两个护身符。再仔细一看，上面写着不同的神社名称。是谁放进去的？

我再打开信封一看，里面又有护身符。

这究竟是怎么回事？给我这么多护身符，难道是传教？如果是传教，恐怕不会放神社的护身符进去。莫非是附近小孩儿的恶作剧？不对，小孩子不会专门去请护身符。那么，就是里面混入了其他住户的？不对，我两侧的房间都空着。啊，难道……那个人的确做得出这种事。我很肯定。

7

新年伊始的工作都比较轻松。同事们还没完全从放假的状态中走出来,工作也还没有堆积起来。

"今天就到这里吧。"

三点刚过,社长慢悠悠地说道。

"也好。"

一下午都在打哈欠的平西先生表示赞同。

整个新年假期,我都在父母家度过。要不下班后到城里做点采购吧。我带着这个想法,目送住川女士和平西先生他们离开后,自己正要走出办公室,却被山添君叫住了。

"藤泽小姐。"

"怎么了?"

"那个……护身符。"

"哦,那个啊,是我过年在父母家附近的神社请来的,顺便帮你也请了一份。"

前大我返回自己的住处时,绕路到山添君那边,把护身符放进了邮箱。虽然不能指望护身符有在鞋子里塞炭包的效果,但讨个好兆头也不错。

"藤泽小姐,你去了三个神社吗?"

山添君跟我一起走向车站,在路上问道。

"三个?我只去了小原神社呀,每年都去的。"

"那别的护身符是哪里的?"

"别的护身符?"

我不知道山添君在说什么,疑惑地反问道。

"就是这个。"

山添君从包里拿出了护身符给我看。

藏蓝底色带金线刺绣的护身符是我在小原神社请到的。另外两个护身符我没见过。

"我只请了这个。"

我指着护身符说。

"昨天我在邮箱里发现了三个。"

"三个?"

"没错。两个装在纸袋里,一个装在信封里。"

这是怎么回事?我把护身符直接放进了邮箱,莫非在那之后又有人把我的也装进袋子里了?

"我以为只有藤泽小姐会做这种事。"

山添君斩钉截铁地说着,仿佛坚信那三个护身符都是我放的。

"怎么可能?让我看看。"

我拿起护身符查看。根据刺绣的字样,一个是伊势神宫的,一个是日吉神社的。我父母家住茨城,离伊势神宫很远,至于日吉神社,我听都没听过。

"伊势神宫的放在信封里,写着我的住址和姓名。是因为住得远,你直接让神社寄给我的吗?"

"我为什么要做那种麻烦事啊?何况我也不知道山添君的住址,甚至去都没去过日吉神社。"

"那你是怎么拿到手的?"

"都说了,这不是我请的。"

"那是谁?"

他问我,我怎么可能知道。竟然还有别人送护身符给山添君,我也很吃惊。

"山添君,你真的想不到吗?"

"真的想不到。"

"那究竟是谁……好奇怪啊。"

前方已经看到车站了。我停下脚步,已经顾不上采购,我更想知道护身符是谁送的。跟我采取了同样行动的人,究竟是什么样的人?而且竟然还有两个。

我提议在车站门口的星巴克详谈,山添君说他进不了星巴克,就拒绝了。我说附近应该还有麦当劳,山添君又说进不去。我说就算他发作了,星巴克的店员肯定知道怎么处理,而麦当劳总是很多人,就算他倒下了也不会被注意到。山添君就是不听,最后我们决定到山添君家里谈这件事。

"到一个并不算熟的异性家里坐,有点那个吧……"

我边脱鞋边说。

"藤泽小姐不是已经来过了,还是不请自来的。"

山添君反驳道。

山添君似乎并不抵触请别人到家里来,甚为随意地说了声"请进",让我走进了那个被褥铺着不收拾的简陋房间。

"当时我有理发这个明确的动机,才会这么大胆。啊,不过今天也有讨论谁送了护身符这个动机。嗯,那我就打扰了。"

"要来点热茶吗?我这儿只有去咖啡因的煎茶。"

"谢谢。"

我也在避免摄取咖啡因。看来PMS和惊恐障碍的食物忌口差不多。

"护身符是放在这个袋子里的。"

山添君端了茶过来,又拿来了一个茶色信封和一个白色纸袋。那个纸袋很普通,毫无特征。信封上只写了收信人的住址和姓名,没有寄信人的信息。

"信封上贴了邮票,应该是邮递过来的吧。小原神社和日吉神社的护身符都在纸袋里吗?"

"没错。"

"嗯……三个护身符。一个是我的,而另外两个送护身符的人中,有一个人把我的护身符也放进了纸袋。不对,等等,对方真的是两个人吗?还是同一个人送了两个护身符……"

"你干什么呢?真把自己当侦探啦。"

"我还挺喜欢看推理剧的。"

刚回答完,我心里就打了个问号。我这是怎么了?我跟山添君并非多年的老友,也不是互相深入了解的关系。然而,我在他面前说话却很自由。说这种话他会怎么想?不会产生反感吧?平时都在脑内运作的这道屏障，此时此刻完全不起作用了。莫非因为理发那件事，我早已被视为怪人，自己已经放弃挣扎了，还是感到同病相怜，轻易敞开了胸怀？我不明白。但是，这样很轻松。

"哦……但这不是案子吧。"

山添君叹着气说。

"也算是个案子啊。"

"既然不是藤泽小姐，那应该是什么人的恶作剧吧。一般人不会匿名往别人邮箱里放东西。"

确实，我一般也不会匿名送别人东西。只不过放护身符时，我觉得没必要署名。我只是想祝福他遇到好事情，所以也就没写名字，直接放进去了。

"可是护身符就是那样的吧。"

"就是哪样？"

"怎么说呢，只是小小的祝福，没必要搞得那么夸张。"

"我不太明白。"

"总之你快想想，对信封上的字迹有印象吗？"

"我看看……是有点眼熟，但也可能是错觉。"

"那神社名称就是最大的线索了，伊势神宫在三重县。山添君,你在三重县有认识的人吗?"

"没有,关西圈我没有熟人。"

"是吗?不过伊势神宫是大神社,那个人也可能在旅行途中顺道买了。邮戳也是伊势的,这样很难缩小范围啊。要不先看看日吉神社的吧。"

我越说越兴奋了。究竟是什么人跟我产生了同样的想法呢?

"要不我查查?"

"嗯。话说山添君,你拿到护身符的时候就没想过查一查吗?"

"我还以为是藤泽小姐给的。"

"谁会到处跑神社收集护身符啊。更何况,我凭什么为山添君这么做呢?"

"我只是觉得藤泽小姐的确会做这种事。"

山添君说完,拿起智能手机摆弄了一会儿,然后将屏幕转过来说:

"日吉神社,全国各地都有。"

"啊?"

令人吃惊的是,从北海道到九州,竟然有八百多个日吉神社。

"原来神社的名字还会重复,甚至重复那么多啊。我一点都不知道。"

"这下没法查了。要不就算了吧。"

山添君可能被八百这个数字吓退了。

"真的不查了吗?"

"嗯。虽然有点吓人,但这样也查不出来呀。"

"吓人?"

"被陌生人塞护身符是挺吓人的吧,而且还塞了三个。"

"那要是三个草人,估计是挺吓人的。可护身符不会吧?肯定是有人念着山添君的好呢。"

"匿名吗?"

"对,默默祈祷山添君的幸福……"

搞不好……一定没错。除了我,还有别人知道山添君的烦恼。为了不给他增加负担,故意不声张,默默为他祈祷。我猜到了其中一个送护身符的人。日吉神社有八百之多,这附近肯定也有。问题是伊势神宫那个。

"你父母和亲戚去过伊势神宫吗?"

"没有。我家在岛根县,不会专门去伊势神宫,因为那里有出云大社。"

"是吗？那……"

"那个……真的不用查了。"

"为什么？你不想知道是谁在想着自己吗？"

"我以为是你，才对你说了这件事。其实我并不太想知道。"

"什么意思吗？"

山添君的回答让我很扫兴。如果有人送给我三个护身符，我一定会想方设法搞清楚是谁送的。

"还要喝茶吗？或者——"

"或者赶紧走？"

"反正现在也没事做了。"

"山添君，你一直都这样吗？"

"哪样？"

山添君可能觉得我不想喝茶了，拿起我的茶杯放进厨房水槽里。

"对周围没有好奇心，这是你原本的性格，还是因为惊恐障碍？"

"我……"

山添君放下茶杯，回过头来。

"我原来根本不是这个样子的。"

"是吗？我猜也是。"

山添君说得过于肯定，我不禁有些吃惊。

"我怎么可能是这样呢？我以前能去时髦的美发店，还去健身房锻炼了一副好身材，并且注意穿衣搭配，喜欢出去玩……"

"山添君以前很帅吧。嗯，我猜也是这样。"

"我工作也很积极，有很多朋友，还交了女朋友，周末总是有约，不仅能吃麦当劳、星巴克，还能吃法餐，吃拉面。"

"知道了。我不是要谴责你，只是觉得你真的不关心这些吗？"

见山添君如此较真，我不禁有些痛苦。

"所有这些，都在一瞬间改变了。所以，现在我一点都不快乐。"

山添君自暴自弃地说。

"应该不至于吧……"

"就是至于。我吃什么都觉得不好吃，看什么都没意思，没有想做的事情，也没有值得做的事情。"

"可是你想啊，很多人的生活其实都没有意义。人生本来就是不怎么快乐的……"

我忙着寻找话语安慰他时，山添君似乎稍微冷静了一些，又像平时那样平淡地点点头说："是啊。"

"我也没什么值得开心的事情啊。哦，不过我吃到好吃的会开心……哎，山添君，莫非你只是没有吃到好吃的东西？我看你总吃能量食品，可能已经吃腻了。"

"哦。"

"就是一回事啦。你只是因为没有做快乐的事情，所以不快乐；没有遇到有意思的东西，才会提不起劲。那么，这护身符来得正是时候呀。"

"正是时候？"

"对。你可以把人生的意义暂时放在查清护身符真相上面。"

我说了这么多话，山添君总算微微笑了，尽管那只是勉强能够辨认的微笑。

"人生的意义在于找到是谁送了护身符。你不觉得这样很没有意义吗？"

"其实这是个很大的主题。它具备了悬疑要素，也具备了某个人在为山添君祈祷幸福的暖心要素，是个多方面、大规模的项目呢。"

"哦……啊,藤泽小姐,你要是真的很好奇,那我就把它让给你来查吧。"

"让给我干什么,我知道是谁送的也没意义啊。"

"你不要,那就算了吧。现在我并没有愿意送我护身符的朋友,更想不到有谁会关心我。正因为完全想不到,所以那护身符极有可能是什么人弄错了,或是单纯的恶作剧而已。"

山添君满不在乎地说。

"我倒是想到了一个人。"

"谁啊?"

"就在你身边的人。"

"我身边?是我认识的人吗?"

"那当然啊。要是陌生人送你护身符,那就成恐怖片了。"

"照你的说法,突然闯到别人家给人理发,接着又匿名塞护身符,最后还帮别人建立一个不知道干什么的项目,藤泽小姐你这样才是恐怖片啊。我很想问你,为什么要做到这个地步?"

"为什么……"

他问的是我,我却糊涂了。头发太长了,所以要剪啊。希望他遇到好事，所以塞护身符啊。如果还有别人塞了护身符，当然想知道那是谁啊。就是这样，没什么特别的理由。我对山添君不同于从前，并没有想过这样会不会多管闲事，会不会让对方讨厌。

"莫非……藤泽小姐，你喜欢我吗？"

我正忙着思考，山添君竟面不改色地说了这句话。

"啥啊？"

"你是不是对我感兴趣啊？"

"骗人的吧，哪里感兴趣了？"

那句话来得太莫名其妙，我忍不住提高了音量。

"你还问我？藤泽小姐在公司明明很收敛，从来不会语出惊人，但是对我却特别积极。我本来以为是PMS症状，可你现在时期不对。那我自然会猜测你是不是喜欢我吧。如果不是因为这个，谁会对别人管这么多呢。"

他如此冷静地胡说八道什么呢？我感到头昏脑涨。

"山添君，你的惊恐障碍发作了吗？"

"没有，我现在很正常。"

"那你这自我意识过剩得有点令人难以置信了。"

"是吗？"

"就是。我什么时候表达过对山添君的好感了？非要说的话——不对，就算不是非要说，你也是我不太喜欢的类型。"

说不太喜欢可能有点得罪人，但总比被误会好。

"哦，这样啊。"

"给你理发，是因为我看你头发长得过分了。今天到这里来，还不是因为你说护身符都是我给的。"

"原来如此……"

原来如此什么啊。山添君的发言和反应都好奇怪，但也许正因为如此，我才觉得无所谓，得以不去在意。

"唉，算了。总而言之，山添君先列出有可能送护身符的人选吧。"

说完，我起身走向大门。山添君照旧心不在焉地"哦"了一声。亏他说得出我喜欢他这种话。

"啊，对了。"

想到回家时要去采购，我突然有了主意。

"你又要干什么了？"

"我想到了一个好主意。明天给你准备一个惊喜，你要兴致勃勃地来上班哟。"

"兴致勃勃？"

"嗯，那明天见。"

找到人生的意义可能很难，但制造期待很简单。我兀自为自己的好主意而沾沾自喜，匆匆踏上了归途。

8

兴致勃勃地上班该怎么做？早点去吗？还是哼着歌出门？话说回来，自从得了惊恐障碍，我好像从来没有兴致勃勃过。兴致勃勃究竟是什么感觉来着？我不知道该怎么做，但还是决定至少别迟到。

走进办公室，藤泽小姐已经来了。

"早上好。"

我头也不抬地打了声招呼，走到自己的座位上，发现那里放着一个便利店的口袋。这是什么？我看了看四周，以为有人放错了地方，却见藤泽小姐咧嘴一笑。

"中午吃吧。"

中午？难道她说的惊喜就是这个？我正想着，社长已经照常打起了招呼。

"好，大家都到齐了吧，那就量力而为，注意安全，好好工作吧。"

"我跑一家山添君跟的客户吧。"

我正在仓库干活,平西先生过来说。

"不用,不麻烦的。"

"我跟的地方上周没了两单,所以挺空的。"

"这样啊,那就拜托了。"

栗田金属的主要工作就是用轻型卡车给五金店和日用杂货店运送一些钉子、波形板和管子。我独自开车时不会发作,因此相比待在仓库里,我更喜欢能够自由行动的送货工作。只是,现在五金店越来越少,公司的客户也少了许多。我很担心公司会经营不下去,但社长好像并没有考虑对策。

"我猜栗田先生想在自己这一代就关掉公司吧。咱们这儿除了山添君和藤泽小姐,其他都是老家伙,现在的工作量刚刚好。"

平西先生似乎看穿了我的想法。

公司虽不至于马上倒闭,但是五年后、十年后,又会怎么样呢?

"我们也卖一些很少见的工具,多少算是有点意思,不过年轻人恐怕会觉得没劲吧。"

"哪里会。"

"每天给同样的店送同样的货，我们过得了这种单调重复的生活。可山添君才二十几岁，做这个工作会不会觉得没劲呢？"

"不会。"

我摇头回答道。

我现在并不追求工作的价值。工作只是赚钱维持生活的手段，若问金钱以外的价值，那就是为我的生活带来节奏感。如果没有工作的制约，我恐怕就不会早起，也不会出门了。到时候，我会变成什么样子？我不敢想。独自理货，独自送货，这里的工作对我来说刚刚好。跟别人待在一起，我就会紧张。能拥有这份几乎不需要协同作业的简单工作，对我而言是一件值得庆幸的事情。

"过去啊，我们也很努力跑客户，自己推荐的商品能卖出去，就特别高兴。那时我们和社长都很年轻，还有另外两名员工，公司气氛可活跃了。"

栗田金属有自己的专利产品，只要细心讲解并大力宣传，肯定会有更多商品被客户看上。他们过去应该就是这样经营的。

"原来是这样啊。"

"铃木先生本来是木工，后来因为对咱们的商品感兴趣，就跳槽过来了。那个人哪怕是一根钉子都很了解，又四处发掘了不少好商品，增加了销量。那段时间真是太快乐了。不过公司毕竟人少，工作一多，大家就不能休息了。随着业绩的增长，工作也越来越辛苦。大家甚至没有发现自己在消耗自己，直到副社长搞坏了身体。"

"副社长？"

"栗田先生的弟弟本来是副社长……"

平西先生说到这里，突然转移了话题："这都是过去的事了。现在栗田金属的宗旨就是慢慢干，悠着来。不过，最近的年轻人是不是不怎么热爱工作，反倒私人生活很充实啊？"

那位副社长弟弟到底怎么了？他搞坏了身体，难道这件事严重到了公司宗旨因此改变吗？我有点好奇，却不敢追问。每天开工前，社长都会说"那就量力而为，注意安全"。光凭这句话，我就能猜到几分了。

"这就是更注重个人的时间吧。年轻人有那么多想做的事情，整个人都像在发光呢。我们这些老头子，自由时间变多了也不知该用来做什么，还不是早早回家去，看看电视，然后睡觉。"

平西先生说完，耸了耸肩。

我也一样。我很想这样说，却没能发出声音。年轻人，平西

拂晓的一切

先生说的年轻人里面,有我吗?

"那我把这个拿走啦。"

平西先生轻轻松松地抱起了货物。

*

午休时间,包里放着我自己买的能量食品,但我还是从藤泽小姐放下的口袋里拿出了饭团。

辣味明太子饭团和炸鸡块蛋黄酱饭团,都是些很常见的东西。这算什么惊喜呢?这也值得我兴致勃勃地上班吗?

炸鸡块蛋黄酱饭团看着就很油腻,于是我拆开了明太子饭团。我还注意看了看有没有抽奖的东西,却发现上面什么都没有。再看藤泽小姐,她正跟住川女士一起吃面包。

"哎,好难得啊。"

我刚咬了一口明太子饭团,社长就来搭话了。

"难得……?"

这个饭团竟然如此稀罕吗?我正疑惑不解,在旁边吸溜泡面的平西先生也说:"是挺难得啊。"

"你说,饭团吗?"

"对呀，山添君平时都吃 7-11 的嘛。"

"7-11？"

这么说来，我家附近的便利店确实是 7-11。可那又如何？

"你今天吃的是罗森吧。"

"是的。"

我看了一眼塑料袋，点点头。

社长突然笑了。

"我之前还以为山添君是 7-11 的死忠粉丝呢。"

"怎么会。"

我平时都在住处楼下的 7-11 买东西，已经两年多没走进别的便利店了。但我并非挑剔便利店，只是单纯选了最近、最方便的地方。

"其实我也喜欢 7-11。偶尔去他们店里喝咖啡，味道还挺像模像样的，很推荐哟。"

"我孙子爱吃罗森的炸鸡块，总叫我买，所以我更常去那里。"

我一边听社长和平西先生聊天，一边吃着饭团。本以为大家去便利店买东西都是贪图方便，没想到竟有这些讲究。

也许因为第一次惊恐障碍发作是在饭后，从那次以后，我只要吃饱,肚子就会觉得特别难受,变得很害怕有饱腹感。再加上本来就没什么食欲,午餐和晚餐通常都靠能量食品和小份的面包果腹。不过,饭团也不错,它不像能量食品那么干,我也很喜欢大米的味道。两个在旁边热烈讨论便利店的大叔也很有意思。我吃完明太子饭团后,慢悠悠地喝了一口热茶。

"你说的惊喜,就是饭团吗?"

下班后,我对走向车站的藤泽小姐说。

"对呀,惊不惊喜?"

藤泽小姐露出了高兴的表情。

惊倒是惊了,而且并非因为饭团,而是因为她把饭团当成惊喜这件事。不过,我还是"嗯"了一声。

"可是,你为什么带饭团给我?"

"重点不在饭团,而在罗森哟。"

"罗森?"

栗田金属的人为什么都那么讲究便利店的招牌?

"山添君不坐电车,也没有私家车,对不对?"

"是啊,那又如何?"

"我算过了,从山添君住处步行可及的范围内,共有三家7-11,一家全家。"

"你这算什么信息啊。"

这人难道把我家附近走了个遍?

"那也就是说,山添君没机会买到罗森的饭团。"

"哦……"

"得到自己买不到的东西,你不觉得很稀罕吗?"

"哦。"

原来如此。我坐不了电车,却能吃到罗森卖的食物,理应是非常珍贵的体验。

"下次我还给你带罗森的东西。但我不告诉你什么时候带。这样你就能每天满怀期待地上班啦。"

藤泽小姐得意地说着,但是在我看来,桌子上不知何时会突然出现便利店的食物,这一点都不值得期待,反倒有些吓人。

"啊,那个……我吃不了太多,你最好少买一点。"

"啊?"

"今天那个炸鸡块蛋黄酱饭团我就没吃。饭团我顶多只能吃一个,太油的也不行。既然要带,不如带点能长期储存的东西吧。"

"山添君,你又出现什么症状了?"

藤泽小姐皱着眉说。

"不,我现在很正常。"

"山添君,你好大胆啊。"

我怎么大胆了?这下轮到我想皱眉了。

"我头一次见到对礼物有那么多要求的人。"

"那是因为你随便买的话,要是吃剩下了太浪费。"

"原来如此,那倒也是。"

"而且我本来就不需要吃的,是藤泽小姐硬要买,我又不能浪费了你的好意,那还不如要点自己需要的东西,这样对彼此都好。"

听了我的解释,藤泽小姐点点头说:"这样啊。"相比以前什么都能吃的日子,现在正因为没有食欲,我反而对浪费食物有了更强烈的罪恶感。所以我会尽量不浪费。

"如果要买饭团,一个就好,要清淡的。"

"好的好的。"

"你明白吗?生食不行,最好保质期要长。"

我再三叮嘱,藤泽小姐忍不住高兴地说:"求你别再逗我笑了。"

9

我该怎么办？一月十九日，周日，今天天气很好，睡眠也很好。我又对着日历数了数，上一次月经是二十三日，应该没问题。昨天晚上亚美给我发消息，问我健完身后要不要一起吃午饭。就算PMS发作，也是明天或后天。最糟糕的情况，就是今天深夜。既然如此，不如出去走动走动，调节好身体状态更好。再三犹豫过后，我还是出门去健身房做每周一次的瑜伽了。

健身房在离公司最近的车站附近，从我家坐电车要十五分钟。坐在急行电车的座位上，我想起了山添君。坐不了电车是什么感觉？只能徒步上班下班的生活，每天都看同样的风景，度过同样的时间，逃不出那个循环，他不会感到害怕吗？或者说，那样的日子反而会让他感到安全？山添君究竟承受着多大的痛苦？不，也许并没有多痛苦，毕竟他还有那么旺盛的自我意识，能说得出"藤泽小姐，你喜欢我吗？"这种话。想到山添君再三叮嘱我怎么在便利店买东西，我差点笑出声来。

来做瑜伽真好。听着舒缓的音乐,慢慢吸入空气,感觉很舒服。婴儿式加上兔子式,舒展的肌肉唤醒了身体,血液和氧气循环到每一个角落。运动了一个小时后,我在大厅里放松的时候看到了亚美,她正在用器械练肌肉。

"一早做运动真舒服啊,今天我九点就来了。"

"你可真有精神,都练两个小时啦。"

我回答道。

"有精神归有精神,我今天正式迈入三十岁啦。"

亚美在我旁边坐下,耸了耸肩。

"今天你生日?生日快乐啊!对不起,我啥也没准备……"

去年春天,我跟亚美在健身房结识,后来经常一起在健身后喝喝茶、吃吃饭。因为认识还不到一年,所以我并不知道她的生日。啊,得先夸她年轻。我慌忙补充道:

"可你看起来一点都不像三十岁。"

"谢谢,不过三十岁是个大生日,祝福我的人比平时都多,也挺高兴的。美纱已经是第三十八个了。"

亚美笑着说。

"第三十八个?"

"对我说生日快乐的人。"

"这样啊，好多哟。"

"啊，现在变成四十二个了。"

亚美拿起手机给我看，一张蓝天的照片旁写着"生日快乐"四个字。四十二个人，原来是指网友吗？那算什么，要再多都有啊。嗯？这是怎么回事？我摇摇头，甩掉了大脑中一闪而过的嘲讽。

"搞不好会有五十个人对我说呢，我都不是小孩子了。"

亚美轻轻笑着说。

"不能这么说，有人祝福是好事呀。"

我口头回答着，脑子里却嗡嗡作响。

冷静冷静。不对，这一定是我的错觉，不能崩溃。我一边给自己洗脑，一边做起了深呼吸。

"我还要挨个说谢谢，都来不及回复了。"

亚美还在摆弄手机。

"那就别回复啊。"

我说。

"啊？"

"反正他们也只是应付一下走个过场……"

拂晓的一切

我为什么要说这种话？我拼命咽下后面的话语。今天就这样吧，现在还来得及。呃，要干什么来着？对了，注意力集中在自己的丹田，想象查克拉……我开始尝试按照瑜伽老师刚才教导的去做。然而，因为强行压抑了怒火，我的眼泪冒了出来。

"喂，美纱，你怎么了？"

亚美被我强烈的感情起伏吓着了，但还是扶着我的背问道："你没事吧？"

"我没事。"

此时我只能发出充满杀气的声音。

亚美性格开朗，有很多朋友，同时也很善解人意。在不足一年的来往中，我已经熟悉了她的性格，也绝不讨厌她。可是——

"啊，真是太讨厌了。"

随着泪水的涌出，我的烦躁也水涨船高。

"美纱，你怎么了？我惹你生气了吗？"

"你没惹我生气，我只是觉得好麻烦。"

"什么好麻烦？"

"全部，各种。"

我自暴自弃地说道。泪水和怒火同时决堤，我已经搞不清楚自己到底是伤心还是愤怒。

"美纱,你是不是累了?"

"没有,你别替我决定。"

"也对呢。但你今天还是先回去比较好吧。"

"为什么?为什么我要先回去?"

我依旧泪流不止,但也死死咬着亚美不放。

"刚才我还在做瑜伽,还那么精神。"

"嗯,这我明白。"

"你明白什么?"

"也没有什么……总之,我先走了。美纱,等你冷静下来,也回家好好休息吧。"

不知亚美是被我的强烈情绪起伏吓到了,还是觉得我应该一个人待着,总之,她急匆匆地站起来,留下一句"我先走了",就渐渐走远了。

"你等等啊。"

我站起来,想去质问她为何扔下我,可是在那一刻,我突然感到天旋地转,仿佛有人抽走了我脚下的地面,身体悬浮在虚空中,指尖变得冰凉,脸蛋却阵阵发烫。来了,果然来了。

·125

我重新坐下，四处张望，有几个人在交头接耳，前台的工作人员也小心翼翼地看着我。我又出丑了。烦躁感渐渐平息，眩晕也开始了。我抱着头，长叹一声。

离开健身房后，由于怒火未能燃烧殆尽，我觉得很不舒服。走在去往车站的路上准备回家休息时，我想起了山添君那天把我拉到寒风中的事情。

他为什么能发现我开始烦躁了呢？连我自己都不知道，还满不在乎地去做瑜伽了。那天我在空地上拔草，喝他买来的茉莉花茶，不知不觉就不生气了。

对了，既然已经在公司附近，不如再去那块空地拔草吧。那样也许能消解我内心闷闷燃烧的残余烦躁。

我走过车站，径直去了公司附近的空地。跟那天一样，空地上长满了杂草。这天寒地冻的，草竟然不会干枯，真是令人惊叹的生命力。我这样想着，走到空地一角蹲下，开始专心致志地拔草，心灵渐渐放空了。从土里拔出草的手感很舒爽。公司周围只有办公室和小工厂，双休日没什么人。寂静的空气中飘荡着青草的气味，寒冷的气温也恰到好处地冷却了我的身体。

等会儿回到家，要立刻发信息祝亚美生日快乐，然后向她道歉，说自己刚才有点不舒服。只要郑重道歉，亚美应该会原谅我的。或者下次请她吃午饭，向她表示祝贺和歉意吧，一定没问题的，可以复原的。我正安慰着自己，旁边突然传来声音。

"你在干什么？"

"啊？"

寂静中的人声把我吓了一跳。我转过头，发现山添君在身后。

"藤泽小姐，你在打扫空地吗？"

"不是，呃……算是吧。"

我过于专心拔草，完全没察觉到有人靠近。

"专程在周日？"

"嗯，那个……我有点烦躁……"

"就因为感到烦躁，专程跑到这里来拔草？"

"嗯，要不就先拔到这里吧。"

我感觉自己能一直拔下去，但是被人当成怪物就不好了。我拍拍手上的土，站了起来。

"既然如此，我就去公司仓库一趟，拿垃圾袋过来吧。"

山添君走回公司，拿来了垃圾袋。

"我还真没想过拔完草要做的事。"

我看着往垃圾袋里装草的山添君,嘴里嘀咕道。

"虽说是空地,但拔掉的草扔着不管也不好。还有藤泽小姐,你这些都没有连根拔啊。"

山添君举起一根杂草对我说。

"是呢。"

"要是留着根,以后还会长出来,那就白拔了。"

"哦……"

我又不是真的想拔草。想到这里,我含糊地应了一声。

"啊,莫非藤泽小姐并不希望杂草消失?也对,没草了可不行。"

"为什么?"

"要是杂草都没了,你就没法发泄压力了吧。"

"那有什么的。我只是正好在附近的健身房做瑜伽,突然觉得烦躁,才到这里来的。反正世界上到处都是杂草,何况我也不是非要拔草。"

听了我的回答,山添君露出奇怪的表情。

"藤泽小姐,你做瑜伽的时候突然烦躁了?"

"准确地说,是做完瑜伽。"

"我听说瑜伽能够舒缓身心,看来并非如此啊。"

不能因为我,让他对瑜伽有了不好的印象。我坦白了刚才跟亚美的冲突,山添君说道:

"原来是因为PMS。"

说完,他抱起垃圾袋走向公司,我没有多做思考,也跟在了后面。

"不过被你缠上的那个朋友好可怜啊。"

"嗯……是我不好。"

正是如此。人家难得过生日,我肯定扫了她的兴,得早点跟她道歉才行。

"我都能想象出藤泽小姐胡搅蛮缠的样子了。"

"平时我反而是个过于在意他人的人……不过可能大家都这样。"

上学时,我很羡慕那些可以想什么就说什么的人。我甚至觉得,正因为自己做不到,才会在PMS发作时一口气爆发出来。但是来到社会上,社交范围扩大后,我发现其实没几个人能真正毫无顾虑地畅所欲言。那些看似活得真实的人,也因为如此强大的自我而在一些方面不得不死撑。真正不考虑别人的想法，只遵从自己内心的人，估计屈指可数。

但是在特定的对象面前，人也许能卸下防备。面对山添君，我就完全不会想被他讨厌了怎么办，害他担心了怎么办。我也从不会想，希望自己在他面前是什么样的形象。

"可以把自己的口无遮拦归咎为生病，这可真方便啊。"

山添君没有半点谴责，而是坦诚地感慨道。

"惊恐障碍不也能派上用场吗？遇到不想去的邀约，可以直接拒绝，就说担心发作。"

我也直截了当地说出了心里话。

"我从来没对别人说过惊恐障碍的事情，而且得了这个病，哪儿都不想去，不管谁来约都一样，更何况根本就没人约。"

山添君把垃圾袋放在公司门口的垃圾站，接着去锁办公室的门了。

"哎，你到底来这里干什么了？"

"什么干什么？"

"大周日的，你到公司来干什么？"

"哦，嗯，就是干点工作。"

栗田金属没几个员工,所以全员都配了钥匙。话虽如此,其实并没有人加班,也没有人休息日上班。可是山添君竟会在周日到公司来,这也太奇怪了。

"为什么啊?"

我问道。

"因为惊恐障碍。"

山添君回答。

"惊恐障碍是平时没干劲,休息日突然想上班的病吗?"

"藤泽小姐,不要因为你有PMS,就口不择言好吗?"

山添君确认门锁好后,收起了钥匙。

"嗯,我是经过深思熟虑,得出了可以口不择言的结论之后才口不择言的。"

也许因为山添君对PMS直言不讳,也许因为他是山添君,我知道自己说什么都不会得罪他。令人惊讶的是,这个认知使我的心情莫名顺畅了许多。

"如果连休两天,我就习惯了休息的状态,周一该起不来了。"

"我好像可以理解。"

"如果不硬找一些理由出门,我真的会一天到晚躺在家里。所以我在双休日会选一天出门上班,维持生活的节奏。"

"既然要出门,怎么不去更好玩的地方……哦,也对,你觉得哪儿都不好玩。那也不至于上班吧?"

"没有约束就没有行动。藤泽小姐说的没错,我平时干不了多少工作,所以在考虑给自己定个规矩,休息日认真整理仓库。我有了必须去做的事情,身体就愿意行动了。"

"原来如此……哎,那山添君以前是特别积极的人吗?"

山添君很自然地往家的方向走,我也跟他并肩走了起来。

"可是仓库一直都很整齐。"

"是吗?"

"所以我只能简单打扫一下。好了,就到这里吧,明天见。啊,明天你要请假吧?"

看到车站后,山添君停下来说。

"不啊。可能就今天深夜比较难受,明天会好的。"

"这样啊,那再见。"

山添君转身朝着车站北边走了。

那三个护身符中,日吉神社的最为精美。也许除了新年的祝福,那里面还包含着对山添君的感谢。

10

回到房间放下东西，我就去洗手漱口了。身体不适是惊恐障碍的天敌。一旦感冒不舒服，就很容易发作。我打开加湿器，坐到了桌边。

晚饭是回家路上在便利店买的能量食品。平时一根就够了，今天我比较饿。

哦，对了，肯定是因为收拾了藤泽小姐拔掉的杂草。后来还边走边聊，也消耗了额外的能量。想到这里，我突然心中一惊。

自从得了惊恐障碍，我就尽量避免跟别人一起走，因为我害怕半路上突然感到不适。如果是我一个人，我可以二话不说转身回家，也可以找个安心的地方静静地蹲着。有旁人在，我就不能这么做。无法按照自己的节奏行动，这是一种莫大的压力。可是走在藤泽小姐旁边，我没有任何感觉。

是因为藤泽小姐知道我有惊恐障碍，所以我不在乎吗？不对，前女友千寻也知道我有惊恐障碍，她是我第一个坦白病情的人。当时她几次劝我到大医院检查，还安慰我说这病很快就能治好。

我已经跟千寻交往了一年多，在她面前不用装样子，也对她吐露过软弱的心声。可是在千寻面前，我希望自己是以前那个我。可以失败，可以丢脸，但唯独不想毫无理由地发作倒地。带着这个没有治愈希望的病，待在千寻身边让我万分痛苦。她的担心、同情、鼓励、安慰，我都很感激，但要我每天面对这些，却成了一种重压。千寻似乎也不知该如何与我相处，并为此耗费了不少心力。曾经，我跟她在一起很开心，看到她就觉得温暖。可是得病之后，每次跟千寻见面，我都会莫名紧张。

现在，我已经不会想念千寻了。但我还是会想，如果我没有得病，我们也许能一直在一起。跟千寻相伴，做着原来的工作，也跟朋友保持来往，能够随心所欲地行动。如果没有这个病，我后来会怎么样呢？二十五岁，我应该会很期待每一天的到来，心里装满了想做的事情。还是算了吧，想象自己曾经可能的样子没有任何意义。

我跟藤泽小姐可以待在一起，肯定是因为我一点都不喜欢她。就算突然要发作，突然犯恶心，我也毫不介意。藤泽小姐同样不喜欢我，所以才不在乎我的惊恐障碍。原来彼此间没有恋爱的感情关系竟如此轻松。藤泽小姐虽是异性，但我跟她在一起，既没有令人愉悦的悸动，也没有淡淡的期待。

得出这个结论后，我忍不住嘀咕："这样想也太失礼了。"

想到藤泽小姐后，我顺便拿出了那几个护身符摆在桌上。此前因为嫌麻烦，我把它们一股脑儿都收了起来，不过现在动动脑子也挺不错。

小原神社的护身符是藤泽小姐送的，她还说大概能猜到是谁送了日吉神社的护身符。其实我也能猜到。那么问题在于，伊势神宫的护身符究竟来自何人。只有这个护身符是装在信封里的，上面写的收信人的住址和姓名，字迹我也有印象。我在三重县没有认识的人，也许是什么人去旅行时，在伊势神宫为我请了护身符。

跟我关系好的人，我能想到青木和石崎，他们都挺关心我，还联系过我好几次。可他们都不像送护身符的人，就算送了，也会附上一句话。我现在跟千寻已经完全没有联系了，以前的同事也一样。

这人都写了我的住址，为何不署名呢？我再次仔细检查信封。莫非忘了写？署名应该是最基本的原则，可是送护身符的人没一个署名的。也对，强调自己做了什么并不重要。

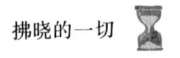

"是谁做的都无所谓,关键是做了什么啊。"

那个人经常这样说。想起那句话,我突然感到心里涌出一股热浪。

翌日下班,我对藤泽小姐说:"还是别研究护身符的事情了。"她有点惊讶地回答:"你怎么突然说这个?"

"嗯,就是跟你说一声。"

"这样啊……"

"再怎么想也没用,就当它是哪个怪人送的吧。原来世界上还有挺多藤泽小姐这样的人啊。"

"我一点都不奇怪。"

藤泽小姐一本正经地答道。

确实,藤泽小姐是个很靠谱的人。她做事精确又高效,言行举止有节制,没有任何扎眼的行为。所以她因 PMS 爆发时,我才会大吃一惊。而她突然找上门来给我理发时,我就更吃惊了。

"藤泽小姐,你平时都挺正常的,但有的时候特别奇怪。"

"是吗……"

藤泽小姐放慢脚步,歪着头说。

"我觉得你完全做得出往别人邮箱里塞护身符,甚至塞包子的事情。"

"怎么会?我觉得肯定是哪个暗恋山添君的女孩子放进去的呢。"

藤泽小姐调侃道。

她之前还把这件事当成宏伟的计划,现在却放弃得特别干脆。

"怎么会有那种人呢?"

我笑着说。

"可是山添君以前应该有女朋友吧?"

"是有过。以前的我跟现在完全不一样,性格开朗、工作能力强,行动也特别积极,周末……"

"啊,我之前听过了。"

我正要得意地说下去,却被藤泽小姐打断了。

"山添君,你很喜欢以前的自己吧。"

"跟现在相比,当然会这样。"

很遗憾,正如藤泽小姐所说,我喜欢以前的自己。那时,我的工作有价值,休息日也很充实。我可以自负地说:作为社会的一员,我每天都过着生机勃勃的日子。我知道痴迷于过去的荣光很没出息，但那时的我与现在相比，可谓云泥之别。

"藤泽小姐不喜欢以前的自己吗？PMS 之前的自己。"

"患上 PMS 之前我还是个小孩子……而且过去的我也没什么了不起的。更何况，现在也有现在的好啊。怎么说呢，我学会了慢慢思考自己，不再勉强自己……我觉得即使是惊恐障碍，应该也给你带来了一些好处吧。"

我偶尔会听到这样的说法。得了惊恐障碍后得以重新审视自己，借此机会改换了环境，明白了谁才是真正关心自己的人，诸如此类。

但是，我的每一天都那么阴郁，得了这个病就没有遇到过什么好事，我也没有傲慢到以患病为理由去筛选真正关心自己的人，而且重新审视了自己，也无法减轻病症。

"PMS 有好处吗？"

"我想想啊。因为 PMS，我主动去做瑜伽和普拉提，身体变柔软了。"藤泽小姐得意地说了下去，"我以前身体特别僵硬，现在两条腿能张开一百八十度呢。"

于是我回答："这么说来，自从得了惊恐障碍，我再也出不了门，没办法乱花钱，所以即使工资降了，存款反而增加了呢。"

我觉得这么说有点不对劲,然而世事难料,这些好处说不定还挺有现实意义的。但是话说回来,绞尽脑汁也只能想到柔软性和存款……我们对视一眼,都忍不住笑了。

"那回头见。"

快到车站时,我对藤泽小姐点点头,拐弯离开了。我今天要去心疗内科复诊。

我每月都要去一次心疗内科,看诊时间大约五分钟。这已经成了我生活的一部分。

"你好。"

我微微颔首,拿出挂号单,前台的员工对我笑了笑说:"山添先生是吧,请进。"这里是预约制诊所,患者无须等待,可以直接进入诊室。

"感觉怎么样?"

"没什么变化。"

"工作顺利吗?"

"嗯,还好。"

"难受的次数有减少吗?"

"没变化。"

拂晓的一切

我搬家后就转了院,看现在这个心疗内科已经快两年了。年近五十的男医生每次都只会机械地重复同样的问题,从来不提解决策略。一开始我还抱着治愈的希望,仔细向他描述自己的状态,以免他错过任何微小的变化,但是一年过后,我终于意识到这里并不是那样的地方,就算仔细说了自己的情况,惊恐障碍还是治不好。医生跟我说话,只是开药的程序罢了。后面也许还有患者等着,最好速战速决。于是最近这段时间,我的回答都很简短。

"你要不要考虑一下,稍微减一点剂量?"

每次,医生都会漫不经心地问上一句。这药有依赖性,如果能减,最好减一点。我每次都回答:"暂时还不行。"医生听了都会马上收回提议,对我说:"是吗?那好吧。"未来十年或者二十年,我都要靠服药维持生活。

"药还剩下多少?"

医生看着我的病历,头也不抬地问。

"赞安诺还有八颗。"

"那到下个月……"

问过药的数量,约定好下次的看诊时间,这次诊疗就算结束了。虽然我只要能开药就好,可是这样一来,我实在无法理解看病的意义。究竟要到什么时候，我才能不再发作呢。如果医院不能治好我，那我该到什么地方治这个病呢？

"那再见了。"

"谢谢你。"

走出诊室，我看见下一名患者正走向候诊室。我们没有打招呼，而是不约而同地垂下了目光。明明抱着同样的问题，在找同样的医生看病，患者之间却从不交流。所以，心疗内科的候诊室听不到任何对话。

我付完账，快步离开了医院。

11

"你要是有话，就说出来。"

"你得学会明确表达好和不好。"

我从小性格腼腆，因此很多人对我这样说。

上初中时，学校配备了心理医生，连医生也劝我：

"你就是因为太勉强自己，才会这么难受。平时要多尝试表达自己的想法。"

我说我并没有隐忍什么，医生就建议道：

"可以是一些很小的事情，试着把你心里的想法说出来。"

上高中时，我看的妇科医生也说了同样的话。隐忍是大忌，要活得自由，别在意周围的目光。

很多人都对我说过类似的话，但我的本质很难改变。其实没有人盯着我看，那么在意别人的目光，不过是自我意识过剩。我心里很清楚这一点，但就是很在意别人的看法，做什么都放不开手脚。慢慢长大后，为了保持圆滑，我渐渐能开口说话，也学会了如何表现得开朗。但那并不意味着我能放下顾虑，自由生活。

也许，我心里本来就没有想要表达的思想和意见。

"美纱，你都二十八岁了吧。"

以前打零工时，我认识了真奈美，现在每个月会跟她约一次晚饭，或是一起逛街。真奈美上个月刚结婚，很积极地给我介绍她老公的朋友，但我一点都不积极。

"暂时还好啦。"

"什么暂时还好，美纱你不想结婚吗？"

我没想过一辈子单身，也并非痴迷于现在的工作，可我就是觉得结婚还早。

"我还什么都没做呢。"

"那有什么，结了婚也可以去做啊。你看我就很自由自在。"

真奈美点了一份蛋糕当甜点，然后说道。

真的吗？有的事情正因为独身没有束缚才能去做吧。虽然有人说结了婚生活也不会发生改变，但那是因为他们都有坚定的自我。我肯定没有。

"美纱到底想做什么啊？"

"我也没什么想法，可是现在这份工作也还没什么成就。"

走上社会后，我到现在都一事无成。我只是在应付每天的生活罢了。毕竟我没有什么出格的能力，也没有野心。话虽如此，我还是觉得就这么结婚了不太好。

"那一定不是美纱想做的工作吧。等你结婚组成了家庭，说不定会更充实。"

"真的吗？"

"比如一个人做饭嫌麻烦，给家人做饭就成了乐趣。"

"原来如此。"

真奈美看起来的确很幸福，她的话语中都透出了温暖和淡定。可是，我想趁单身的这段时间，做出点能让自己肯定的成绩。

"就算你不急着结婚，也可以谈谈恋爱呀。"

"但有些事情我放不下啊……"

"是什么来着？生理期？"

"对……这也算一部分。"

我并非认为自己有PMS就不能跟异性交往。可是要解释，要让对方理解，最后还是吓人家一跳，然后不得不道歉，就这么一来一去地渐渐缩小距离……一想到这个过程，我就感到无力。费这么大的劲谈恋爱，实在是太痛苦了。

"那有什么的,而且环境改变了,说不定一下就好了呢。总担心将来没有意义呀。"

"嗯,也许吧。"

我就是想尽了办法,才有了现在的生活,怎么可能因为环境的变化就突然变好呢。话虽如此,能有一个这么关心自己的朋友,我还是很感激的。

"美纱,你就想想吧。要是独自一人慢慢老去,可是很孤独的。"

"那倒是。"

"对呀,结婚真的很好。"

接着,真奈美就聊起了自己的婚姻生活。虽然不奢侈,但充满了小小的快乐。说这些话时,真奈美看起来真的很满足。我们以前打零工时,都对自己虚浮的状态感到焦躁。现在,真奈美已经站稳了脚跟。

可是,现在的我即使跟别人在一起生活,也不可能变得像真奈美那样满足。我反倒想趁单身时期多做一些事情。然而,将来真的有所成就,我就能产生迈向下一个台阶的想法吗?也许因为一直以来过着没有目标的生活,我实在想象不出将来的光景。我只知道,照现在这样下去肯定不行。

12

进入二月,天气一直阴沉沉的,周六好不容易见到了阳光。晴朗真的很好。自从得了惊恐障碍,我就开始珍惜晴朗的日子。阳光跟电灯光不一样,能激起我体内想走出去的心情。难得有个晴朗的日子,今天必须出去走走。虽然有点单调,但我可以去收拾收拾仓库。早上,我带着这个想法打开办公室的大门,却忍不住叫出了声。

"怎么会……"

藤泽小姐竟坐在里面。

"你在这里干什么?"

"我想打扫一下办公室。"

"哦……周六来打扫?"

本来东西摆放得乱糟糟的办公室已经清理了一半。

"有人在的时候不能搞太大的动静,所以想趁休息时间搞。"

"是吗?那好吧……"

难得在休息日上班,我只想按照自己的节奏来。我背过身,快步走向仓库，却被藤泽小姐叫住了。

"等等啊，过来帮帮忙吧。"

"帮忙？"

"对。现在小物件基本收拾好了，我想把矮桌和架子这些没用的家具搬出去。"

"莫非藤泽小姐料定我会来？"

"我只是希望你会来。趁早上整理好琐碎的东西，等你来了，就一起把那些……大件搬走。"

藤泽小姐指向角落里杂乱堆放的家具——陈旧的架子和小柜子，都是平时闲置的东西。

"不要。我来上班本来就不是为了跟人合作。"

"但是那些好重啊，咱们就速战速决吧。"

这人也太不讲理了。不过我所谓的收拾仓库，也不过是扫扫地、归置归置东西。整理办公室反倒更有意义。

"真拿你没办法。"

说着，我跟藤泽小姐合力搬走了陈旧的柜子，又移动了几样家具，最后擦干净了满是灰尘的桌子。

"嚯……太好了，山添君谢谢你。"

藤泽小姐拿着毛巾，边擦汗边说。

"不用谢，我只是被人强迫的。"

移动家具、擦拭家具，劳动了将近一个小时，我在冷冰冰的办公室里也出了一身汗。

"啊，没事吧？动了这么久，会不会发作啊？"

现在才想起来？我心里谂了一句，但还是摇摇头。

"集中精神的时候能忘记自己的身体，反倒不容易发作。"

"那就是说，你只要时刻沉迷于一些事物，就好啦？"

"你要我沉迷于什么？"

眼前并没有需要集中精神的事情，也没有能让我忘乎所以的事物。

"好像没有呢。嗯，的确没有。"

藤泽小姐说完就笑了。

"话说回来，你怎么回事？突然有了整理癖？"

"没什么特殊的理由，也许是跟朋友聊了结婚的话题吧，我觉得自己差不多该做点什么了……反正照这样下去不行。"

"藤泽小姐，你要结婚了？"

"不啊，暂时没有计划。"

"我猜也是。"

听了我的话,她皱起眉头。

"你什么意思?"

"我觉得你应该没对象。"

"为什么啊?"

"你要是有对象,就不会跑到男人家里剪头发,也不会给男人塞护身符了。"

"你说的男人,不是山添君吗……啊,对了,我买了面包,还有饮料,你随便挑吧。"

藤泽小姐说着,在桌上摆开了塑料袋里的东西。

三明治、海盐面包、红豆包、蜜瓜包、核桃包,无咖啡因红茶和茉莉花茶,碳酸饮料有苹果汽水和橙子汽水。她觉得我能吃多少啊。哦,不对,这个人即使对没有感觉的人,也会下意识地准备这么多东西?

"那我就不客气了。"

我拿了三明治和无咖啡因红茶,在椅子上坐下。

"山添君打算独身一辈子吗?"

藤泽小姐咬着核桃包说。

"是的。"

是否一辈子我不清楚,但跟别人在一起,发作的可能性更高。孤独和生不如死的发作,还是孤独不那么痛苦。

"一直就这样了?"

"有什么问题吗?"

"不啊,没什么。"

"我更适合独身。"

"但有不少人暗中祝福你呢。"

藤泽小姐说。

暗中祝福我的人。有人匿名为我请了护身符,希望我有美好的将来。可是,我无法回报那些人。一想到这里,我就意气消沉,于是故意调侃道:

"你在说你自己吗?非要卖我人情?"

"哦,也对,我倒是没那么强烈的愿望,所以忘了自己也是其中之一。"

跟藤泽小姐说话,总会让我不自觉地松懈下来。因为劳动了很久,我肚子饿了。吃完黄瓜三明治,我又拿起了鸡蛋三明治。

13

周日,我一个人去看了电影。正寻思要看点什么时,我查到电影院正在上映《波西米亚狂想曲》。记得好久以前,社长说难得去一次电影院,看了这部片子觉得很不错,住川女士也说跟孩子一起去看,足足哭了两个小时。我觉得这部电影不久前还在宣传,没想到已经上映一年了。

我只听过皇后乐队比较有名的曲子,也是看电影才知道弗雷迪·莫库里是在印度长大的。虽然缺乏背景知识,但我还是看得很投入。影片结束后,歌声依旧在我脑海中回荡,体内充满了爽快和兴奋。啊,太好了!走出电影院后,我的激动仍未冷却。

我经常一个人看电影。因为我不擅长与人交流感想,也更喜欢在自己喜欢的时间看自己喜欢的电影,然后不做逗留直接回家。但这部作品不一样,我无法独自消化内心的激动。我终于明白社长和住川女士热情推荐的理由了。这是一部让人忍不住四处分享的电影,它真的太好了。我很想现在就找个人说:它真的太好了。

心里的话最好都说出来,强忍不满和不平都会形成压力。医生是这样对我说的。

要主动说出自己的意见,要注重表达自己的心情。医生们都这样说。

我也一直认为应该多表达自己的看法,也一直因为做不到而黯然神伤。不过,对呀,想要表达的东西,其实不只是这些。

积攒在心里的不仅仅是不满,想说出来的也不仅仅是意见。换作激动和兴奋,如果不传达出去,也会沉积在心中。"这部电影真的很好。"只是短短的一句话,可我就是想找人说出来。

然而,对还没看过的人说可能不太好。而且我现在虽然很想说,却又不太敢发表自己的感想,觉得很害羞。那我究竟该告诉谁呢……朋友和家人?不对,不是有个一定不会去看电影,而且无论我说什么都可以不在乎的人吗?我想起那个人,便朝着车站奔跑起来。

坐在电车上,我拿着手机下载了自己能想起来的皇后乐队的曲子——《波西米亚狂想曲》、*We Will Rock You*(《我们会震撼你》)、*Don't Stop Me Now*(《此刻别让我停下》)。我明明没怎么听过皇后乐队,但是光输入歌名,内心就兴奋不已。

到站之后,我急得差点左脚绊右脚,匆匆忙忙地赶到了出租公寓。我按响门铃,山添君答应了。无论我什么时候去,他总是在家。虽然没心情出门很可怜,但此时此刻,我真的很感谢他的惊恐障碍。

"你干什么啊,都快十点了。"

山添君探出头来,摆出一副不耐烦的表情。

"一会儿就好,让我进屋吧?"

"哦。"

我把困惑的山添君抛在身后,大步走到房间中央,把手机放到桌上。

"你想干什么?"

"我刚才去看电影了,看了《波西米亚狂想曲》。"

"之前好像听说过。"

"山添君没看过吧?你坐不了电车,应该也进不了电影院,今后也不准备看吧?"

"嗯,是的。"

"有个可以剧透的人真是太棒了。"

"你要剧透什么啊?"

"就是《波西米亚狂想曲》呀。在机场工作的Queen(奎因)

去 Live House（小型现场演出场所）看演出，遇到了这么一个乐队。"

"你这就开始讲故事啦。不过 Queen 是乐队名，在机场工作的人是弗雷迪。"

"嗯嗯，那个弗雷迪结识了乐队，成了里面的主唱。结果他唱歌特别棒，而且很有才华又大胆，啊对了。"

我操作手机，开始播放《波西米亚狂想曲》。

"怎么，你要唱吗？"

"对。妈妈，啦啦啦啦，啊，要是 Queen 来唱，那就更棒了。"

其实我唱歌不怎么好听，但是看了电影太兴奋，我就忍不住了。

"藤泽小姐，原来你五音不全啊。"

"是吗？然后，Queen……"

我一边放音乐一边讲解电影剧情，山添君边听边纠正："都说了他不叫 Queen，叫弗雷迪。巡演是在美国。"

"最后就是拯救生命演唱会。它真的，啊啊啊，不行，我实在太感动了，没法跟你讲清楚，只能听歌了。"

我用手机播放 *Don't Stop Me Now*，山添君说："拯救生命演唱会应该没唱那首歌。"

"可我最喜欢这首歌了。哈发古泰——哈发古泰——"

我操着一口稀烂的英语唱起来，山添君忍不住笑了。除了在学校的音乐课上，我就从来没当着别人的面唱过歌。可是，这首歌正在我心里不断奏响。于是，我哼哼唧唧地跟唱起了并不熟悉歌词的曲子。

"你唱得也太难听了，简直一团糟。"

说着，山添君哼了起来。平时那个毫无气势、神情呆滞的山添君竟流利地唱出了快节奏的英文歌词，我不禁大吃一惊。

"好厉害，太厉害了。山添君，你就是弗雷迪啊。"

等他唱完 Don't Stop Me Now，我在旁边连连感叹，他却哈哈大笑起来，笑得有点喘不上气。

"啊……藤泽小姐，你怎么回事啊？"

"什么怎么回事？"

"我还是第一次见到有人一边唱歌一边讲电影的。"

"因为那是一部充满了音乐的电影啊。"

"然而你的口语和音准都一团糟，还好意思在别人面前唱歌啊。"

山添君还在边说边笑，直呼肚子痛。

"不说我了，没想到山添君唱得这么好，真是太惊人了。原来你知道歌词啊。"

"我上学时玩过乐队，也练了一些皇后乐队的曲子。"

"这样啊，皇后乐队真的好酷。"

"藤泽小姐，你是皇后乐队的粉丝吗？"

"嗯，今天刚成为粉丝。"

"我猜也是。"

"不过山添君真的好棒，你再唱一遍吧。"

"我才不要。凭什么我要被你突然找上门来大说特说，还要唱歌给你听啊。"

山添君说完，又笑了起来。

他一定是个爱笑的人。我虽然不清楚山添君在得惊恐障碍之前是什么样的，但是现在的山添君，是个无论被人剪了奇怪的发型，还是被迫当弗雷迪·莫库里，都能笑出声的人。

"对了，*Don't Stop Me Now* 固然不错，但你既然说到拯救生命演唱会，皇后乐队唱的应该是 *Hammer to Fall*（《一锤定音》）吧？"

山添君操作自己的手机，放起了音乐。

"啊啊，我好像在电影里听过。"

"这首歌旋律很明快，歌词却富有社会意义。它的作曲者不是弗雷迪，而是布赖恩·梅，也就是吉他手作的曲……啊，我可以说吗？"

我都发表了看电影的感想，怎么能不听山添君的话呢。于是我点点头回答：

"当然可以啊。我想多了解一些皇后乐队的事，你再说一点吧。"

"时间没问题吧？"

"时间？"

难道谈论皇后乐队还要选个良辰吉时？我这样想着，看了一眼时钟，已经十一点多了。

"很晚了，你还待在这里，真的没问题吗？"

"山添君，你该不会想追求我吧？我真的只是来发表看电影的感想的。"

"我倒是没什么，只是聊皇后乐队到了兴头上。我只是觉得，你这个时间待在一个男人家里，会不会感到不舒服？"

面对一个如此无力的男人,我能有什么感觉呢?我斩钉截铁地否定了。

"不会啊。"

"那就好。我一直在服用赛乐特,再加上对藤泽小姐毫无兴趣,所以请你放心。"

"赛乐特?"

"针对惊恐障碍开的抗抑郁药,副作用是性欲减退。可能因为那个,也可能因为惊恐障碍,总之,我现在什么想法都没有。倒是藤泽小姐身心健全,有点那个。"

"有点哪个啊?算了。总之,你完全不用在意,说说布赖恩·梅怎么了。"

其后,山添君说了很多皇后乐队的事情,还跟我一起听了好几首歌。其中一些曲子没在电影里出现,但弗雷迪的歌声都让我感动不已。

"啊,藤泽小姐,你得走了。我记得那个车站的末班车是十二点左右。"

山添君拿起手机查了查,又说:"十二点零三分。"

"这样啊,那我走啦。"

从最近的车站到我家有三站路,虽然不算远,但也不是能走路回去的距离。我匆匆走到了门口。

"那明天见,可别赶不上车啊。"

"嗯,知道了。"

在山添君的催促下,我跑了出去。

一到外面,格外冰冷的风就迎面吹来。这风冷而清冽,让人能嗅出一丝春天将要到来的气息。时钟显示十一点四十几分,用不着赶路,慢慢走也来得及。我正走在清爽的夜色中,山添君喊着"等等我",从后面跟了上来。

"怎么了?"

我停下脚步,以为自己落下东西了。

"我送你去车站吧。"

说着,他走到了我身旁。

"你不是有惊恐障碍吗?"

"我也有同感,所以打算待在家里来着。不过现在这么晚了,你万一出点事可不好。"

"我一个人能回去。要是山添君倒下了,岂不是更麻烦了?"

我对他说。

"我心里惦记着藤泽小姐能不能平安走到车站,就觉得喘不上气来。若是待着不动,反而容易发作。"

"哦……"

"走吧。啊,能不能别走这么快?走快了心跳加速,会容易发作。"

"明明是夜路,你却要慢慢走吗?"

"嗯。"

"那我还不如一个人走,暴露在危险中的时间能缩短不少呢。"

去车站的路上有便利店,还有很多路灯,不怎么吓人。

"两个人一起走本来就不危险,可以慢慢走。"

"真的吗……"

跟现在的山添君相比,我反倒更能打。万一真的遇到变态或抢劫犯,一个快步走路就心悸的人,能派上什么用场呢。

不过我转念一想,慢慢走在夜路上感觉也不错。这种寒冷刚刚好。

14

送走藤泽小姐后，我又听了好几次皇后乐队的曲子。

不同于心悸和气喘的高扬感。这种感觉，好令人怀念。

光听藤泽小姐的介绍，我完全摸不着头脑，于是上网查了查《波西米亚狂想曲》。这部片子已经上映一年多了，但还有一个地方没下线。只在电脑上看电影预告，我就感到胸口发热。若是能在大屏幕上看，一定会更感动吧。我无论如何都想看看这部片子。可是，一想到电影院的场景，我就浑身发颤。

所有人都被包裹在黑暗中，座位是固定的，中途很难退场。我要在里面待两个多小时。不过，进场前服用赞安诺应该能行吧。毕竟电影院不会禁止出入，实在不行，我随时可以出去。再说，我可能一下就投入电影中，忘掉了时间呢。怎么会？世上没有这等好事。去电影院首先要乘电车，我得渡过这个难关。千万不能小瞧了惊恐障碍，越是不希望它发作的时候，它就越容易冒出头来。

如果在电影院发作，我肯定会更不敢出门。到时候，我的行动范围会变得更狭小，恐惧心理也会加重。看电影的爽快与担心发作的不安，无须放上天平，答案也很明显了。对现在的我来说，没有任何事物能胜过发作的恐惧。我不禁对自己的没出息大失所望。

都怪藤泽小姐，我沉睡的感情被唤醒了。这两年来，我明明从未想过看电影，甚至哀叹自己没有想做的事情。现在一看，有了想做的事情而无法去做才更痛苦。那人真的总在做多余的事情。

不过，我好久没有因为听音乐而如此振奋，也没有因为哼歌而心情雀跃了。我还得意扬扬地谈论了弗雷迪·莫库里。这些都是让我足以忘掉惊恐障碍发作的快乐。

而且，我还担心藤泽小姐独自走夜路不安全，证明我的内心尚有为他人着想的感情。为此，我松了口气。我一直以为现在的我只能顾及自己，无暇关心他人。因为我得了惊恐障碍，又无法与他人深交，便觉得这样也好。我早就放弃了。可是就在刚才，看见藤泽小姐要在深夜走去车站，我心中闪过一丝担忧。为此，我竟感到了安心。

不过话说回来，她唱的 *Don't Stop Me Now* 实在是太好笑了。我回忆起藤泽小姐唱歌的样子，又一次忍不住笑了起来。

"好吃的……山添君,你去不了餐馆吧。这个怎么办啊?"

藤泽小姐突然找上门来聊电影的第二天,下班时,她拿着信封念叨起来。

社长得知我们两人周六收拾了办公室,直夸我们做得好,还递过来一个信封说:"你们俩吃点好吃的吧。"

"我只是帮了点忙,藤泽小姐都收下,自己去吃好吃的吧。"

"那可不行。万一被别人知道我独占了,那我不就成了自私的人?"

"我不告诉别人,你不必担心。"

"那怎么行……啊,对呀,我们平分不就好了。"

藤泽小姐打开信封,大声惊叹道:"哇,有五千日元呢。"

"还挺多啊。"

"根据公司的经济情况,我还以为顶多两千……一张钞票没法分啊。对了,我知道买什么了!这主意真不错。山添君,你先回去,把房间收拾收拾,我到车站那边买点东西。"

"不是要平分吗?"

"我以为是两张一千的,可以平分。但现在是一张五千的,撕了就不值钱了吧。"

为什么要撕啊？她就没想到可以换成零钱分了吗？

"我大概十五分钟后过去哟。"

"藤泽小姐，你怎么总往男人家里跑啊？"

"什么男人家里，那是山添君家里。"

"哦……"

"你快回去，但是别走太快，小心心悸。"

不等我回答，藤泽小姐就快步朝车站走了。看来我没有拒绝这个选择。

回到家中，我拿起吸尘器把屋子吸了一遍。家里没什么东西，也就不需要收拾。我猜藤泽小姐应该会买吃的过来，要不就烧一壶开水吧。我接了一壶水烧着，又擦了桌子，随后环顾四周，觉得差不多了。还没等水烧开，藤泽小姐就来敲门了。

"打扰啦，我来准备，山添君你先去上厕所。"

藤泽小姐抱着一个纸袋走进来说道。

"你要干什么啊？"

"要花八十分钟呢。啊，你的CD播放器能借我用用吗？"

"我没有播放器，请用电脑光驱吧。"

"那我就用啦。好了，马上就开始。你快上厕所，如果有必要,就吃点赞安诺。"

"应该不会发作。"

这里是我家,而且藤泽小姐也不会让我紧张。不过话说回来,她说的八十分钟究竟是什么东西?

在她的催促下,我明明不急也去上了厕所,回来时桌上已经摆了爆米花和可乐。

"零食啊?"

"嗯,就是零食。快坐吧。"

"干什么啊?"

"开始啦开始啦!"

藤泽小姐点击电脑,音箱里传出了电影院经常播放的开场旋律。接着,响起了皇后乐队的 Somebody to Love(《去爱那个人》)。

"呃,这是在干什么?"

"我买了《波西米亚狂想曲》的原声碟。社长给的钱用来买 CD 和零食啦。"

"原来如此……"

"这样即使在家里,也能有看电影的感觉了。"

拂晓的一切

藤泽小姐一脸自豪地看着我，仿佛在问效果如何。不等我抱怨，弗雷迪的声音就沁入心脾，于是我点点头说："挺不错的。"

Somebody to Love 的旋律渐渐进入高潮。世上还有像这样悲伤又强大的曲子吗？原来电影里也收录了呀。也对，只要听了这首曲子，瞬间就能感受到弗雷迪·莫库里有多厉害，皇后乐队有多厉害。"去找一个相爱的人"，弗雷迪反复呼喊着，我感到眼角一热。

这时，藤泽小姐在旁边嘀咕道："这首歌好长啊。"

长？她听了如此热情洋溢的曲子，竟然只有这个感想？我转过去，藤泽小姐又说：

"只听音乐没有看电影的效果呢。就这么干听着，很容易累。"

"哦，是吗？"

"我应该看什么，应该做什么呢……"

用原声碟体验看电影的氛围，本来就是她想当然的主意。我正在努力进入状态，这个提案者怎么先认输了。

"那你为什么不直接买 DVD 呢？"

"对呀。我看到原声碟，觉得太棒了，就买了……好失败啊。"

"不，其实原声碟也很不错。而且藤泽小姐不是看过电影吗？

你听歌时可以回忆相应的场景。"

"这样啊……"

藤泽小姐静静地听了一会儿，到了第三首 *Keep Yourself Alive*（《让自己充满活力》）时，她又说："我不太喜欢快节奏的曲子。"

说完，她站了起来。"山添君你先听，我去收拾收拾东西。要不整理一下厨房吧？"

"绝对不行。"

难得听一回皇后乐队，有人在旁边窸窸窣窣地忙活，谁受得了啊。再说我也不想让她动我的东西。上回打扫公司我发现了，藤泽小姐虽然谨小慎微，扔起东西来却毫不犹豫。

"藤泽小姐，你什么都不用管，求你别乱动。"

"可是没有画面，我都不知道该看哪里啊。"

确实，如果不是皇后乐队的粉丝，干坐着听音乐也许有点无聊。

"知道了，不然我们边听边聊吧。"

听了我的提议，藤泽小姐说：

"啊，不用管我。我回去了，山添君你好好听。"

那当然求之不得,可是藤泽小姐用自己收拾办公室得到的谢礼买了 CD,却只有我一个人听,好像太不公平了。

"藤泽小姐也一起听吧。只剩下六十分钟了,边聊边听,很快就过去了。"

"你怎么说得像耐着性子听歌呀,太对不起皇后乐队了。"

"我是能听,可你不是觉得无聊嘛。"

"这样啊。"

"总之你先坐下,吃爆米花吧。"

我对已经在收拾东西的藤泽小姐说。

"好吧。"

藤泽小姐重新坐下来,抓起爆米花就吃。现在是第五首曲子。啊,得找点话题。可是聊什么呢?我硬挤出了一句:

"最近工作怎么样?"

"什么怪问题啊。"她听了扑哧一笑,不幸被爆米花呛了,开始咳嗽。

"没什么啊,我打算从这里打开话题来着……"

"我们是同事吧。你那样问,好像很久没见面的亲戚一样。"

藤泽小姐还在笑个不停。

也许因为一直以来我都在应付社长和平西先生的搭话,太久没有主动和人聊天,现在聊天的技术好像退步了。原来那不是跟同事聊的话题吗?我缩了缩脖子。

"算了。工作,嗯……看起来很顺利,但是没有什么上升的空间,反正是平平淡淡吧。"

藤泽小姐笑着回答道。

"嗯,是啊。"

我也很清楚栗田金属的平平淡淡。

"山添君呢?"

"我吗?"

"你有没有其他想做的事情?"

"这个嘛……"

现在的工作的确让我感到不满足。我也常常怀疑这样下去能不能行。然而,对患有惊恐障碍的我来说,这是最合适的工作。

"我有时会想:这样真的好吗?但也觉得在栗田金属待着太安逸了。"

藤泽小姐似乎察觉到我的想法,这样说道。

社长说,藤泽小姐到栗田金属之前,曾在一家大公司上班。

虽不是说只有大企业才好，但我可以想象，那个职场肯定与栗田金属不同，是个张弛有度的环境。我和藤泽小姐都一样，如果没有特殊原因，肯定不会在现在这个公司上班。

"我们都一样呢"——我正要这样说，最后还是没开腔。藤泽小姐跟我不一样。我们来到这家公司的苦衷可能相似，但工作的方法完全不同。

大家平时看到的白板上，贴着用温和的话语总结而成并打印出来的投诉内容，那是藤泽小姐做的。多亏了它，从我进公司工作开始，收到的投诉已经慢慢减少了。贴在仓库里的详细标签，用纸箱做的分类垃圾桶，办公室里越来越方便使用的物品，几乎都是藤泽小姐做的。

"藤泽小姐在认真做事。"

"啊？"

听了我的话，她抬头看过来。

"我认为，藤泽小姐在栗田金属认真做事。"

"竟然能听到山添君这样说，真是太意外了。"

藤泽小姐惊讶地说完，又嘀咕道："我没做什么啊。其实应该再多为公司做一些事情的……"

我并没有那种想法。因为我一直认为，我能做的，我该做的，都应该在现在这个公司之外。

藤泽小姐稍微抬高了音量："啊，这首曲子很不错。"此时正在播放的，是《波西米亚狂想曲》。

我是不是在扼杀自己？没有想做的事情，也没有该做的事情，这样的日子，是否跟死了没有区别？我总觉得这样肯定不行，却又对现在的状态甘之如饴，这是否意味着我丧失了自己？弗雷迪的声音几乎要与我自己的声音重叠起来，我使劲摇了摇头。我又不是自己选择要这样的。我除了现在的生活别无选择。

"好，该吃咖喱了。"

《波西米亚狂想曲》结束后，藤泽小姐这样说。

"为什么啊？"

"我觉得这部电影很配咖喱。"

"里面有吃咖喱的场景吗？"

我问了一句，心里猜测反正肯定是因为弗雷迪在印度待过。

"我记不太清了。不过后面没几首我听过的曲子，不如做晚饭吧。都六点多了，你也饿了吧？"

藤泽小姐问了一句"能借你的微波炉用用吗？"，然后走向厨房，热了两盒貌似在便利店买的咖喱。

"在电影院可吃不了咖喱。不过在自己家，可以随时随地吃想吃的，今后这种看电影的方式说不定会普及哟。"

藤泽小姐迫不及待地吃了起来。

我们只是在听音乐，没有看电影啊。我这样想着，也吃起了咖喱。虽说这是便利店卖的，不过久违的咖喱还是很好吃的。

"最近的电影都很长，看着太累了，换成原声碟就能缩短一半时间，还能吃东西、聊天、四处走动，真是好处一大堆呢。"

藤泽小姐兀自说道。

"是啊。"

就算去不了电影院，要过得更快乐也并非不可能。只需要花一点功夫，就能得到很棒的体验，而非苍白的替代物。想着想着，我突然想到自己能做的事情了。我本以为现在的自己什么都做不了，但是有一种可能。

"我知道了。"

"什么？"

"男女之间能否存在友情，这种事虽然不重要，但有的人就是爱谈论，你不觉得吗？"

"你怎么突然说起这个了？"

吃完咖喱，我主动说起话来，藤泽小姐则一脸诧异地看着我。

"其实这关系到对象和场合，再加上原本就不重要，因此并没有答案。不过，我明白了一个很明显的道理。"

"哦？"

"不论是男女之间，还是不擅长应付的人，都可能从中得到帮助。"

"那不是理所当然的吗！光是医生和患者，就有多少是异性啊。"

藤泽小姐似乎完全无法理解，依旧一脸诧异。

"我不喜欢藤泽小姐，完全没有友情和恋爱的感觉。可是，藤泽小姐让我好几次露出了笑容，也给了我足以忘记发作的时间。还能像今天这样，让我度过了跟看电影一样开心的时间。"

"电影是因为我们收到了五千日元啊，这是社长的功劳。"

藤泽小姐说了一句特别符合她性格的话。

"对啊。"我先表示赞同，然后继续说道，"我有信心，大约每三次能帮到藤泽小姐一次。"

"帮？帮什么？"

"你的烦躁情绪,我大概能看出来。"

"山添君,你在奇怪的方面有着过度的自信呢。"

"下次在你的 PMS 烦躁发作前,我会拦下来。"

"你还能做到那种事?"

藤泽小姐瞪大了双眼。

"只要注意观察,我或多或少能看出来。"

"等等,你的意思是要一直盯着我,看我是不是快来月经了?好恶心啊。"

"是吗?"

"你这叫性骚扰,懂不懂?性骚扰。"

"那没关系,因为我只对 PMS 感兴趣,对藤泽小姐不感兴趣。"

"真的吗?你该不会打算用赛乐特令我放松警惕,然后乘虚而入吧。"

藤泽小姐调侃了一句,我忍不住笑起来。

"我们找个时间比比,到底是谁自我意识过剩吧。"

"好啊,我肯定不会输。不对,比这个应该是输了比较好吧?"

"那要看怎么才算赢。"

"哈,瞧你这装腔作势的模样,这就是典型的自我意识过剩。"

藤泽小姐皱着眉笑了。

即便不是自己喜欢的人，能逗笑对方，我也很高兴。哪怕不是每次都好，哪怕只有一次，能让惊恐障碍的发作次数减少一次，我就很感激了。藤泽小姐应该也一样。下个月，我一定要阻止她爆发。我心中涌起了毫无根据的小小的自信。

原声碟播放完毕，藤泽小姐离开后，屋子里突然变得异常安静。原来我家这么安静的吗？这个大约七平方米的房间，竟如此空旷吗？我有手机，也有电脑，却不与任何人联系，毫无意义。远离了一切、空无一物的空间，这就是我家。

时钟指向七点多，还要三小时我才会有睡意，太漫长了。一个人固然轻松，但这个事实也会让我感到恐惧。正因为刚才还很热闹，此刻我反而感到了令人手足无措的孤独。一直孤身一人和突然变成孤身一人，感觉是截然不同的。然而，这就是我的生活。今后，每周都会重复这样的休息日，每天都会重复这样的漫漫长夜。我的前方还有漫长而未知的时间。我独自一人，究竟该如何度过？

"但有不少人暗中祝福你呢。"想起藤泽小姐的话，我拿出了护身符。

伊势神宫的护身符。原来，他还记得我啊。辻本课长看到现在的我，心里会怎么想？我刚走上社会时，是他亲手培养了我。见到现在的我，他会不会大失所望？不，那个人绝不会对自己接触过的人失望。

恋人、朋友、一起工作的同事和上司，我一度以为，他们都渐行渐远了。因为我患上了惊恐障碍。我也一度以为，自己再也无法对别人敞开心扉。然而，真的是这样吗？

我拿着护身符，喝光了藤泽小姐买来的可乐。我并没有处在与世隔绝的地方。这个世界上应该不存在完全的孤独。

15

周五下班后,山添君突然对我说,他知道送护身符的人是谁了。之前他明明说不再想这件事了,莫非改变主意了?可是他刚说完这句话,就好像用尽了所有力气,匆匆离开了。于是周六白天,我去了他家。

"你看这个。"

山添君打开电脑画面给我看。那是一家咨询公司的主页。

"你请这里的人帮忙找到了送护身符的人?"

"不,这是我以前工作的公司。看这里。"

山添君指着公司去年办的活动——十二月组织了创业三十周年的纪念旅行,地点是伊势。

"哇,伊势旅行,那肯定去了伊势神宫!厉害啊,线索连上了!你是怎么知道的?"

"我想起以前的公司,就打开主页看了看,发现他们去过伊势。这个公司的人应该能查到我的地址。"

"原来是这样啊。"

"这下总算清楚了。"

山添君说完，伸了个懒腰。

"清楚了，就这么完啦？"

"是的。我猜，送护身符的人应该是我前公司的上司。我在那里工作时，他就经常忘记署名和写日期。应该是他。"

"你不对他说声谢谢，或者至少问问是不是他吗？"

"有必要吗……"

"你怎么也得告诉他，你收到了护身符吧……如果送的人并不是山添君想的那个人呢？"

"不会有错。虽然我只跟了他半年，可那段时间真的很充实。"

"这样啊……还挺好的。"

我以前的公司，恐怕没有人会送我护身符。

"是吗？"

"这证明山添君在那家公司工作很努力呀。"

"毕竟我是应届入职的……唉，都是过去的事了。"

"过去？才过了两年呀。"

"两年已经很久了。"

山添君拿着护身符说。

"你会回忆以前的公司吗?"

"只是偶尔。藤泽小姐呢?"

"一点都不会。因为我不像山添君,没什么美好的回忆。"

还没完全掌握工作内容,我就像逃兵一样离职了。所以在上一家公司,我只有丢人现眼的回忆。

"其实想起来也没用。现在你我都是栗田金属的员工,正如藤泽小姐所说,不管是前上司还是栗田社长,都只是祝福我情况有所好转,也许他们并不想闹得太大。"

"嗯?你知道日吉神社的护身符是社长送的?"

"连藤泽小姐都能猜到,基本上每个人都能猜到了。"

"这样啊。"

我还以为只有我知道,看来是大错特错了。也许我比我自己想的还要迟钝一些。

"话说回来,应该是下周或下下周吧。"

山添君收好护身符,给我倒了一杯热茶。

"什么?"

"什么什么,藤泽小姐,与其关心护身符,不如关心一下你自己好吗?我说的当然是 PMS 啊。"

"哦，原来又到这个时候啦。"

我拿出这次做客带的和式点心，放在了桌上。

"藤泽小姐，你在事关自己的时候，倒是一点都不着急呢。我考虑了很多。"

"等等，你别随便考虑人家的月经行不行啊？"

"反正已经考虑完了。你不觉得自己特别容易在午休时间或下班后爆发吗？"

山添君并不理睬我的抗议，开始分析道。

"是……吗？"

"应该是的。我不清楚自己来公司之前的情况，但是不着痕迹地问过住川女士，她也说好像是这么回事。"

"啊？"

山添君平时从不主动跟人聊天，怎么跑去跟住川女士打听我的PMS了？住川女士一定觉得很奇怪吧。

"啊，别担心，我真的只是不着痕迹地聊了几句。住川女士说，藤泽小姐总是在快下班的时候特别烦躁。她很了解你吧。"

"你这样问，她一定觉得很奇怪啦。拜托你别背着我搞这些。"

"要是我当着你的面搞这些，你肯定不愿意啊。"

"那是当然。"

"话说回来,你就从来没想过把握一下自己烦躁的倾向吗?大可以试试记日记嘛,三言两语就好。"

山添君自以为是地说道。

我上大学时,的确每月都记录了PMS的症状。比如当天吃了什么、心情如何,写得特别详细。可是,我这样已经很多年了。后来觉得记了也没用,干脆就不记了。

"我去看的心疗内科医生也说,有头痛毛病的人往往在傍晚或休息日发作。好像心情一放松下来,就容易状态不好。既然如此,下周午休或下班后,你就多注意点吧。好,我开动了。"

山添君话说完,把手伸向了和式点心。

这人在收到护身符时明明懒得行动,对别人的PMS却表现得那么积极。希望住川女士没有误会我和山添君吧。我正想着,他突然嘀咕道:

"真好吃啊。仔细想想,我好像两年没吃和式点心了。"

山添君咬了一口樱饼,连上面的叶子都没拿掉。

"因为年糕饼子噎在嗓子里容易引起发作?"

"那倒不会,只是得了惊恐障碍后,我就没什么食欲,甚至忘了自己喜欢吃的东西。其实我很喜欢吃散发香气的和式点心啊，比如艾草饼、樱饼、柏饼。"

和式点心并非身体必需的食物，也没什么机会吃。由于担心会发作，他恐怕也不会专门去买。

"山添君，你之前说吃什么都觉得不好吃，原来真的只是没吃到好吃的啊。"

"有可能。"

艾草饼、樱饼，春天也是享用和式点心的季节。我刚要盘算下次买什么，又改变了主意。山添君瞒着我向住川女士打听PMS的事情，谁要买吃的给他啊。那人平时呆呆的，没想到如此多管闲事。想到这里，我也咬了一口樱饼，包着饼子的叶片散发出我从小便熟知的春天的气息。不知不觉间，三月已经近在眼前。即使每天都过得平平淡淡，时间也在默默地向前走着。

16

三月九日，周一，按照我的预测，这周周三前后，藤泽小姐的 PMS 应该会发作。每周的中间时段，心情和身体都容易出问题，干脆这周每天午休和下班后都提醒她一句吧。一旦出现征兆，就带她去那块空地。我从上学那时起，就很喜欢这样分析问题、思考对策。

午休时间，藤泽小姐照例吃着面包跟住川女士聊天。看来还有点余地。PMS 要来，至少也得等到今晚吧。这周就请藤泽小姐提前下班吧。与其在公司爆发，不如让她在回家路上独自消化烦躁，毕竟若是把别人卷进来，藤泽小姐事后肯定又会后悔不迭。

这周刚开始，工作还是跟往常一样顺利。离下班还有五分钟，我看了一眼藤泽小姐，她正在整理资料，压根没收拾东西。不仅是藤泽小姐，全公司的人都习惯在下班后先聊几句，顺便收拾东西。那只是他们不好意思第一个走而制造出来的毫无意义的时间。考虑到 PMS，她得确保一到点就能离开公司。

我挎上自己的包，对她说道：

"藤泽小姐,还有三分钟。"

"还有三分钟什么?"

藤泽小姐呆呆地问了一句,又开始收拾公用桌上的文具。

"下班时间。我们一到五点就出去吧。"

"为什么?你有啥事吗?"

喂喂喂,你自己的身体,能不能多留意一点啊?我心里想着,回答道:"是这周吧?"

"啊,对哟……可是有必要那么着急吗?"

"这种事情就该争分夺秒。"

"是吗?"

明明是自己的事情,藤泽小姐却露出了狐疑的表情。

"就是啊。而且明天也能做的工作,有必要现在做吗?晚下班不代表勤快。麻利地结束,到点就走,这才叫有效率。"

看来我不小心提高了音量。因为我话音刚落,社长就夸奖道:"山添君说得真好。不愧是年轻人,很有思想。"

"不是,这没什么……"

我只是对藤泽小姐胡言乱语了一番,被社长这么夸奖,反倒很愧疚。不过,这也是个好机会。如果大家都五点离开,藤泽小姐就不必在意那么多了。

"啊,要是社长能五点离开,大家就不会不好意思走了。"

尽管这么说有点妄自尊大,但我还是开了口。社长立刻赞同道:"嗯,你说的很对。"

接着,他又说:"老爷爷磨磨蹭蹭的,只会影响到大家啊。好,从今天开始,五点就锁门。大家都走吧,咱们这儿可不开加班费哟。"

社长笑着收拾起了背包。

我入职还不到半年,又做不了什么工作,可是社长听了我的话,竟然当即实践了。不在乎时间,大家边聊边收拾应该是栗田金属的传统,但是社长想也不想就做出了改变。

"哎呀,这帮老年人动作太慢了,你们两个年轻的先走吧。"社长的催促令我万分惊讶。我本以为他的性格温和稳重,因此做事也慢慢吞吞的,没想到竟是个这么有行动力的人。

平西先生一边收拾一边戏谑地说:"干白工太亏了。"铃木先生也跟着收拾起来。

"藤泽小姐,我们走吧。"

我话音刚落,住川女士就笑了起来。

"你们关系真好啊。"

"才没有。"

藤泽小姐总是对别人的调侃反应过度。

"这是好事呀。早点走,两个人去喜欢的地方玩吧。"

"我哪儿也不去……"

藤泽小姐还想回应,我干脆推着她走了。"好了快走吧。那我们先告辞了。"

"你急什么啊……扔下前辈自己先走,这样不好吧。"

走出公司后,藤泽小姐果然这样说。

"公司又没规定必须年长的先走。而且,栗田金属的人都不在意这个。"

"这我知道,可人家也不一定认可啊。"

"藤泽小姐,难道你觊觎社长的位置?"

"怎么可能?"

三月初,风已经变得柔和了。夜色尚未降临,五点的天空散发着淡淡的蓝色。

"那你就没必要在意别人的想法呀。而且,你因为PMS而发脾气,不是更麻烦大家吗?大家肯定都觉得,与其在公司爆发,你还是早点回去更好。"

听了我的话,藤泽小姐嘀嘀咕咕地说:"真的吗?"

她又说:"可是住川女士还在收拾东西呢,这样很没礼貌吧。"

"你觉得住川女士是这么小气的人吗?"

"那倒不会。可正因为她是好人,我才不想让她生气嘛。"

"藤泽小姐。"

我无奈地耸了耸肩。

"干什么?"

"栗田金属脾气最差的是你,生气时最麻烦的也是你。你忘了吗?就因为听见开碳酸饮料的声音,你就骂了我一顿。"

"啊,是有过这件事……不过那是因为 PMS 啊。"

"我不管那是不是 PMS,反正在我看来,藤泽小姐比住川女士可怕多了。"

"你说真的吗?"

藤泽小姐瞪大了眼睛。

"虽然我们彼此彼此,可是你看社长,还有铃木先生和平西先生,比起对住川女士,他们对你这个小辈反而更小心翼翼呢。"

"骗人。"

"谁骗你了。住川女士性格大方,心直口快,所以很好懂,而且他们年龄相近,相处也自在。可是藤泽小姐内向老实,又是个小姑娘,老大爷们自然要小心翼翼地跟你接触啊。"

"真的有人这么在意我吗?"

藤泽小姐确实不是让人小心翼翼的类型。她做事认真,只要没有PMS,就是个平和的人。而且她的自我评价并不高,不需要时刻捧着。可是,公司的同事都很护着她。

"今天是我叫你走的,明天一到五点,请你自己走。"

看到车站后,我对她说。

"大家该不会觉得我突然变坏了吧。"

"你都快三十岁了吧。你几点钟下班,别人根本不会在意。而且社长也亲自催你走了呀。"

"这样啊。"

"这周尽量少在公司待,少跟别人来往吧。"

"也对啊。嗯,好吧,那我试试。"

藤泽小姐点点头,像是在劝说自己。阳光明明很温暖,她的脸却有点发青。看来应该是身体不太舒服。

"那明天见。"

她还是早点回去的好。我匆匆挥了挥手跟她道别。

第二天,藤泽小姐没来。一定是昨天晚上 PMS 发作了。我心想她昨天果然是脸色不太好,可是午休时间快结束时,社长突然看着表说:

"藤泽小姐的手术应该结束了吧。"

"手术?"

"对啊。哎,山添君不知道吗?"

"嗯。她怎么了?"

我只知道昨天一起下班时她脸色有点差,除此之外,她走路和说话都跟平时没什么两样。

"其实也不是什么大不了的手术,就是急性阑尾炎。这儿,盲肠。"

社长说完,住川女士也补充道:

"昨天夜里她突然肚子很痛,就去医院看病,结果直接住院,今天就要手术。不过她早上打电话回来还能正常说话,应该问题不大。"

"原来是这样啊。"

拂晓的一切

阑尾炎，应该不算什么大病。我还小的时候，父亲就得过阑尾炎。当时他很快就做完手术，没多久便出院了。虽然父亲的病好得很快，但我联想到病房和手术的光景，还是忍不住后背发凉。即便是简单的手术，也要卧床一段时间。身体不能自由活动，应该非常痛苦。不对，藤泽小姐没有惊恐障碍，就算动不了，应该也不会难受。话虽如此，麻醉和手术的痛苦还是无法避免。而且照她的性格，即使得病了，肯定也会觉得自己麻烦到了护士，为一点小事左思右想，让自己更难受吧。更何况，藤泽小姐正值PMS发作期，万一手术刚结束就发作，那该如何是好？我正忙着思考，住川女士好像发现了，就对我说：

"你要是担心，就去医院看看呗。"

"不，倒也没有到担心的程度。"

虽然心里有点不舒服，我还是摇了摇头。

"肯定会担心吧。别看大家说的那么轻松，我得阑尾炎的那次，做手术还真挺痛苦的。"

平西先生说完，社长也点头称是。

"我正考虑公司得去个人看望一下，要不山添君就代表我们去吧。我想知道藤泽小姐怎么样了，下午又没什么紧急的工作。"

"不，可是……"

"拜托你啦。我记得是在车站那边吧……哦对了，是若林医院。"

我还在不知所措，社长已经塞给我一张写了医院名称的便笺纸。

"不是，我……"

"如果情况反过来，藤泽小姐肯定会一口答应，然后带着好多东西赶去医院探望你哟。"

正如社长所说，不管是探望什么人，藤泽小姐肯定都会贴心地带着大包小包赶去医院，这一点都不难想象。如果是我住院，她一定会最担心我惊恐障碍发作。

"恐怕是的。"

"所以就拜托你啦。顺便告诉她好好休息，不必担心工作的事情。"

社长好像已经定下了就让我去，这样说道。

她压根不是我的女朋友，甚至连朋友都算不上，专门早退去探望她似乎有点夸张。然而，我内心的躁动正在逐渐加速。不见到藤泽小姐，这种躁动就不会平息。

"那……我去了。"

我刚站起身，住川女士边说："代我们向她问好哟。"

走出公司，我内心的躁动情绪越发高涨了。明明不是自己做手术，但我还是觉得医院那种紧张的空气已经袭来，令我难以呼吸。快去吧，藤泽小姐做完手术，说不定正发愁呢。要不要买点东西去呢？不，还是先去问问她需要什么，然后再去医院的小卖部帮她买。总之，我得尽快去医院。

我快步走到车站，发现电车已经开过来了。医院在藤泽小姐住的那一站旁边。见时机正好，我连忙买了票跳上电车，然后才看着写了医院名称和简单地址的便笺确认方向是否正确。等到确认完毕，电车动起来的那一刻，我突然感到一阵天旋地转。

嗯？我怎么坐上电车了？这东西一动起来就无路可逃啊。整整两年，我连车站都不敢进去，那我现在怎么坐上来了？意识到自己在车厢里的瞬间，我全身爆发式地冒出了冷汗。

我刚才一心想着去医院，没考虑什么就跳上了电车。由于太久没有赶时间，我脑子里只剩下那个想法，甚至忘了自己的惊恐障碍。啊，我怎么会干这种蠢事？

我走到门边，紧紧抓住扶手，一股恶心的感觉从身体的最深处涌了出来。我只是一直没有尝试，其实坐电车应该没问题的。加上我也吃了药，不过是三站路而已，我能忍住。我用仅剩的力气不断催眠自己，却已经站不稳了。

我抓着扶手蹲在车门前，一位老大爷对我说："你过来坐吧。"我很想回答"没关系，谢谢您"，但是我明明张开了嘴，却发不出声音。我只能默默地摇头，反复做着深呼吸。下一站就下车吧，只要忍耐到下一站就好。我瑟瑟发抖地掏出赞安诺和瓶装水，一口气吞了下去。终于看到前方车站了，整个车程不到五分钟，可我却感觉身体摇摇晃晃，仿佛已经坐了一个多小时的电车。跳下车后，我把头靠在站台长椅上，蹲下了身子。这样头朝下蜷缩着身体，呼吸渐渐变得轻松起来。我很想尽快恢复行动力，便又吃了一片赞安诺，这样已经超过了一天的剂量，但如果不立刻控制住发作，后果可能会更严重。

每当有路人过来询问情况，我都一动不动地喘着粗气回答"没什么"。就这么忍耐了一会儿，药效渐渐上来了，身体变得越来越稳定。太好了……无论经历多少次，我都觉得区区十五分钟的发作就像好几个小时那样漫长。而在发作渐渐缓和后，我又会产生被人从幽深的海底捞上来的巨大安全感。

我撑起身子,坐在长椅上。

出了一身汗,风一吹有点冰凉,也让我的意识渐渐清晰起来。我刚才真的坐上电车了啊。虽然只是下意识的行动,但也算是时隔两年的壮举。我买了票,还坐上了车。能做到这个地步,连我自己都很惊讶。

可是,我只坐了一站,就成了现在这样。原本我还会幻想自己只是没做尝试,搞不好已经能坐电车了,如今现实狠狠地否定了我。我还是不能坐电车,我在密闭的空间里连一分钟都待不下去。我刚才已经切身体会过了。

罹患惊恐障碍两年,我已经渐渐习惯了这个病,也不觉得生活上有什么困难。我已经能接受现实了。我甚至能足够从容地去思考——我可以工作,可以平平稳稳地度过一天。能这样就足够了。

可是,现实并非如此。我什么都做不了。当别人遇到困难时,我甚至无法到她身边。发作结束后的安全感与挫败感混在一起,让我险些掉下眼泪。不,哭也没用。可怜自己无法改变任何事情。

我突然想起藤泽小姐带着剪刀上门来给我剪头发那天,她明明不是理发师,却要给我剪头发,最后搞了个木芥子的造型。那天我笑得好厉害啊。她还给我买便利店的饭团，往我邮箱里塞护身符，为我做了很多事情。

我坐不了电车，所以赶不到她身边。真的是这样吗？我只不过被剥夺了一种交通手段，就要放弃了吗？这跟惊恐障碍没关系，只有没出息的人才会轻易放弃。更何况，如果只能靠电车出行，我就要一辈子被困在这里了。我必须在这个站台上生活，直到死去。想到这里，我不禁觉得有些滑稽，大脑也开始转动了。

我该怎么去医院呢？电车不行，打车就更不舒服了。唯一能坐的车，就是由我自己驾驶的轻型卡车，平时我就开着它到处送货。虽然坐在上面的时间有限，但我可以大开着窗户，按照自己的节奏驾驶，所以从未发作过。早知道就不要慌慌张张地去车站，直接借公司的车开过去了。

我也可以现在走回公司借车，可是一路走过去太费劲了，还要花很多时间。除了轻型卡车，我还能坐什么？飞机、新干线、公交车。我像个刚识字的孩子，在脑子里列出各种各样的交通工具，最后有了灵感——自行车。自行车不是密闭的空间，而且很灵活，随时可以下车。骑自行车比走路轻松，可以移动得更快、更远。这不是最适合惊恐障碍患者的交通工具吗？

拂晓的一切

我拿出电话,查找附近有没有租车店。这个车站附近就有一家。好,行动吧。也许因为有了目标,也许因为连吃了两片赞安诺,我感到全身振奋,步伐也很稳健。

走出车站,不远处就是小小的租车店。我出示了我的汽车驾驶执照,登记了姓名和联系方式,很快就租到了一辆自行车。而且店员还说,只要是这路线的车站,在哪儿都可以还车。既然如此,我回来时就能骑到离家最近的车站还车了。多么完美的系统啊!

我走出店门,把东西放进车筐,跨上车座,内心不禁有些兴奋,这下我终于能去医院了。我初中和高中都是骑车上学,大学时也偶尔跟朋友出去骑行。上班后虽然没再骑过车,但我还挺喜欢自行车的。

一蹬踏板,微风迎面而来。在这个临近春天的傍晚,风中带着些许潮气。我的运动能力不错,骑自行车去医院要不了多久。我在风中尽情驰骋,让因为发作而燥热的身体渐渐冷却下来。

我在医院前台打听了病房走过去,藤泽小姐被分到了四人间靠里的床位。据说手术两个小时前已经结束,她已经被送回来了。

"藤泽小姐，你方便吗？"

我隔着床帘问了一句。

"哎呀，你好。"

一个女性的声音响起，床帘也被拉开了。

她看起来可能有六十岁，体形略显丰满，长得跟藤泽小姐一模一样，我一下就看出她一定是藤泽小姐的母亲。对啊，我以为藤泽小姐一个人住，肯定也是一个人来做手术，不过生病住院也算大事，家人肯定会来照顾她啊。而我，一个没什么关系的人却上赶着跑过来了。

"那……那个，我是她的同事，姓山添。"

我慌忙打了招呼。

"是吗？真是麻烦你了。我是美纱的母亲，美纱刚做完手术，麻醉的药效还没过……正睡着呢。"

藤泽妈妈招呼我走到床边。藤泽小姐戴着氧气面罩，正安静地躺在病床上。

"手术四十分钟就结束了，医生说明天就能下床走动。如果恢复顺利，周六就能出院了。"

藤泽妈妈笑着说道。她的声音很有底气，是个性格爽朗的人。

"那真是太好了。"

我知道这只是简单的手术,算不上什么。可是看着躺在床上挂点滴的藤泽小姐,我还是忍不住想,她应该很难受吧。

"快请坐吧。"

藤泽妈妈指着一把折叠椅要我坐,我婉拒了。"不了,我马上就走。"

"你在跟美纱交往吗?很抱歉一直没问候过你,她平时多亏你照顾了。"

藤泽妈妈彬彬有礼地低下了头。

"啊,不是,我们只是普通同事。"

"那还专门赶过来?"

藤泽妈妈一脸"你骗人"的表情,戏谑地看着我。

"我们真的不是那种关系。不过藤泽小姐平时很照顾我……"

"真的吗?我们家孩子不太懂人情世故,在公司应该添了不少麻烦吧。"

"不,没有……藤泽小姐还好吧?手术前什么的。"

"还好,她说只是阑尾炎肚子痛,因为手术要签名,才把我叫来的。"

藤泽妈妈笑着调侃女儿真会折腾人。

"原来是这样啊。"

别看藤泽小姐对别人的事总是思前想后，轮到自己的事情，反倒很豁达。她的反应也许不过是"哎呀，原来是阑尾炎，还要动手术啊，好烦哟"。

"哎，怎么都快四点了？我从家里到这儿花了两个小时，现在得回去了。医生说她应该快醒了。"

藤泽妈妈说着，开始收拾东西。

"呃……她醒的时候您不用陪着吗？"

既然应该快醒了，最好有个人陪着吧。她做完手术肯定会感到不安。

"不是有山添先生吗？我明天早上还会来，这里留一个人就够啦。"

藤泽妈妈呵呵笑着，显然还对我们有误会。

"虽然反复否定会显得很奇怪，但我跟藤泽小姐真的不是那种关系，今后也不会变成那种关系。"

让她带着误会离开不太好。听了我的话，藤泽妈妈笑着说：

"无论是什么关系，你都是因为她做了这个小小的阑尾炎手术而赶来看她的人啊。"

"话是这么说，可是——"

听说藤泽小姐住院，我是因为自己坐立不安，才到这里来的。我只想让内心的悸动平静下来，我只是为了自己的身体，不是因为心疼藤泽小姐。可是，刚才我什么都没想就跳上电车，还因此发作了。不仅如此，我后来还努力想办法，骑着自行车来到了这里。如果只是为了消弭心中的不安，我会做到这个地步吗？

"好了好了，别在意那些细节，总之拜托你啦。"

藤泽妈妈笑眯眯地说完，拉开床帘走了。

明明说很快就会醒，可藤泽小姐一直睡了好久。护士来查看情况时，我问她有没有问题，她只说：

"也许这位患者是麻醉敏感体质。反正手术很成功，你不必担心。"

一直等到五点多，藤泽小姐才睁开眼睛。

"啊，嗯？"

藤泽小姐一脸难受地拿开氧气面罩，呆呆地环视四周。

"你妈妈已经走了。"

"哦，嗯？山添君？"

她的声音有点沙哑，应该还很难受。

"我是代表公司来的。"

"代表……"

"嗯。大家都叫你什么都别操心，好好休息。"

"哦……嗯……"

藤泽小姐微微点了一下头，嘀咕着"不好意思"。她身上还连着点滴，麻醉药效又好像还没完全过去，似乎不太能动弹。原来哪怕是小小的阑尾炎，动完手术都会变得这么虚弱啊。

"藤泽小姐，你需要什么吗？"

她有气无力地回答道："我想喝水……嗓子……有点渴。"

病房里的空气很干，自然容易渴。我正要打开冰箱看看里面有没有东西，发现床边挂着断水断食的牌子。不能吃就算了，连水也不能喝吗？如果换成我，肯定会当场发作，晕厥过去。不能喝水太痛苦了，没有别的办法吗？

"你等等啊。"

我在走廊上叫住了准备走进隔壁病房的护士，对她说："藤泽小姐醒了，说想喝水。"护士说："哦，也对啊。但是她要断水，不能给她喝。漱漱口倒是可以，用水滋润一下口腔，应该会舒服很多。稍等一下。"说完，她到护士站拿了饮水器和接水盘给我。

"藤泽小姐，你用这个含一口水，然后吐出来，千万别喝下去。你再等等啊，嗯……"

我让她偏过头，给她喂了水，然后放下接水盘。

"啊，太好了……"她含了一口水吐出来，又昏昏沉沉地睡过去了。

后来，藤泽小姐又醒了几次，每次我给她喂水，她都嘀咕着说"谢谢"或者"抱歉"，时间就这么不知不觉地过去了。随着麻醉药效渐渐过去，她越来越清醒，话也多了起来，我终于松了口气。到了七点，医院开始播放探视时间结束的通知。

"山添君，谢谢你……"

"嗯。"

"真是不好意思啊……"

"你别在意。"

"再见。"

"嗯，再见。"

我虽然站起来了，突然又担心她半夜渴了难受怎么办。她还不能动,又没人在身边,肯定会很无助。我看着已经闭上眼睛的藤泽小姐,心里左右为难。

"探视时间结束了哟。"

进来查看的护士提醒了一句。

"不好意思。"

"没关系的。藤泽小姐手术很成功,明天上午就能结束点滴,下地走路了。"

"这样啊。"

现在还是这个状态,明天就能下地走路了吗?虽然难以置信,但看来的确不需要我担心。

"那就麻烦你了。"

我对护士低头行礼,然后离开了。

骑车从医院回家花了三十分钟左右,我一路蹬过来,已是满身汗水。虽然心疗内科的医生一直叫我多锻炼,但我很害怕身体难受,很少做像样的运动。不过,现在身体虽然疲惫而沉重,同时也有几分爽快。我揉着已经开始酸痛的小腿,心想自己的确需要一点点恢复锻炼才行。

第二天工作结束后,我开着公司的轻型卡车去了医院。虽然觉得可能不需要再去了，可我还是想看一眼清醒的藤泽小姐。

"哦，昨天那个果然是山添君啊！"

五点多走进病房时，藤泽小姐已经坐在床上看杂志了。她的声音很稳，目光也有力量。原来真的能在一天之内恢复成这样啊。我不禁感叹，人的身体真厉害。

"什么？"

"昨天你来过，对吧？那时因为麻醉的药效还没过，我整个人昏昏沉沉的……而且没想到山添君会来。早上我妈跟我说公司的同事来过，我还反应不过来。不好意思啊，占用你时间了。"

"嗯，没什么。"

"山添君你也够惨的，都是社长太爱操心了。这只是阑尾炎啊，又不是什么大手术。"

看来藤泽小姐认为我昨天和今天都是被社长命令过来的。我过来完全是自愿的，昨天甚至动用了电车和自行车。因为太急着上车，惊恐障碍还发作了。我有点想把那件事当作笑话说给她听，但又觉得没必要专门说出来。

"昨天我碰到你妈妈了。"

"我妈没说什么奇怪的话吧。"

"没关系。你跟她很像啊。"

"很多人这么说。"

"你有什么想要或者需要的东西吗?"

"想要的东西……?我想想啊,哦对了,住院前我打算买一台新吸尘器来着,原来的那个坏了,我想换个无线的。"

她昨天还虚弱地躺在病床上,连水都不能喝,现在却生龙活虎了。见藤泽小姐恢复了往常的不知所云,我瞬间安下心来。

"我不是说那个,是说现在。"

"现在?"

"比如要不要喝水或者饮料,要不要拿块毛巾之类的。"

"哦,你说这个啊……早上我妈往冰箱里放了好多东西,而且我也能自己走到谈话室那边了,要什么都能在自动售货机买。应该不需要吧。"

"原来如此。"

凭借自己的意志获得自己想要的东西,这么说虽然有点夸张,但的确很厉害。我环视着被床帘围挡的狭小空间,想看看自己能做些什么,却没什么主意。藤泽小姐已经能走动了,就不需要我了。

"话说山添君，你是怎么来的？"

藤泽小姐先叫我随便拿冰箱里的饮料喝，然后问道。

"你坐不了电车吧，而且肯定不是走路来的。所以，你是怎么来的？我实在猜不到。"

"我借了公司的轻卡开过来的。"

开车到医院只需要十五分钟，只是这么短的路程，却被她说得如此不可思议，我很是无奈地做了回答。

"送货用的轻卡？原来你可以用那个啊。"

"只要是可以自己开，能随着自己的节奏开，并且是随时随地能停的交通工具，我就没问题。"

"原来如此，连出行方式也要很讲究呢。"

这不是讲究，是无奈之举。我从冰箱里拿了一瓶水出来，坐在折叠椅上。

"啊，对了，住川女士说她明天要来看你。"

"啊？"藤泽小姐闻言，皱起了眉。

"怎么了？人家来看你你还这么没礼貌。"

"不行不行，我是很感谢啦，但这真的不是什么大病。你就说医院里手忙脚乱的，叫她别来了。"

"来就来嘛,有什么大不了的。"

"我到现在还没洗过澡,也不能化妆,又穿成这样,就算她来了,也做不了什么……"

"你在住院,不需要在意这些啊。"

"不行,绝对不行,我这副样子只能让家人看到。山添君,你就找个借口,帮我拒绝吧。求你了。"

藤泽小姐对我做了个双手合十的动作。

"不知道行不行啊,我不擅长说那种话,何况我平时也不怎么跟她说话,不一定能成功吧。"

"山添君,你一定行的。毕竟你都瞒着我跟她聊过我的PMS了。"

"那是两回事……嗯?藤泽小姐,你的PMS没发作吗?"

"嗯。可能因为被麻翻了,或者做手术顾不上,反正没事。不说这个了,你一定别让他们来看我,拜托了。"

她又对我拜了拜。

"我尽力吧。"

"别光尽力啊。这么小的手术,我都快好了,要是再有人来探病,我会觉得特不好意思,肚子又要痛了。"

"好好好，我知道了。"藤泽小姐说得如此夸张，我只好答应了。

六点，医院广播通知吃饭，藤泽小姐耸了耸肩："肯定又是喝粥。"

"那我回去了。"

"哦，嗯，谢谢你。"

"下次公司见。"

"嗯，好。"

虽然只能喝粥，但也算是吃饭了。她说周六早上能出院，恐怕已经不需要帮忙。我最后看了一眼病房，对藤泽小姐挥了挥手。

第二天刚到公司，我就对住川女士说：

"昨天我去看藤泽小姐了，她特别精神。她说有人去看她，她反而不好意思，叫我们都别去了。"

住川女士瞪大了眼睛说：

"嗯？山添君昨天也去了？"

"是的，嗯。"

"哦？"

住川女士意味深长地笑了笑。藤泽妈妈也是,住川女士也是,为什么女人都喜欢因为一点小事就把别人配成一对呢?

"她周六就出院了,医院里又手忙脚乱的,总之希望大家不要麻烦了。"

我没有理睬住川女士的反应,继续说道。

"哦?可是山添君去了呀。"

住川女士依旧笑眯眯地说。

"我也不会再去了。"

"那今天我去吧。"

"还是算了吧。藤泽小姐好像不希望让家人以外的人看到自己邋遢的样子。"

我刚说完,住川女士大声惊呼:

"啊?莫非你们要结婚了?"

结婚?结什么婚?我反倒吃了一惊,反问道:

"怎么回事?"

"不是你自己说的吗?美纱的样子见不了外人,但可以见山添君啊。"

"哦,你是说那个啊。不是的,她是完全不把我放在眼里,所

209

以自己多邋遢都不在意。"

"又来了，原来你们的关系发展得这么快啊。明明一开始好像互相不对付来着。"

住川女士说道。

藤泽小姐帮我剪头发，送我护身符。我们一块儿收拾办公室，一块儿听原声碟。我本来不怎么喜欢她，现在却成了可以一起做这些事的关系。虽然都是藤泽小姐随便地"登堂入室"，但我现在也会主动跑去病房看她了。虽然我们并没有往结婚那条路上走，但我们的关系的确在发展。

"啊，被我说中了？"

"没有。总之，还是别去看她了。"

住川女士也是一片好意，我很不想泼冷水，可我也能轻易地想象出藤泽小姐看到住川女士前去探望时的手足无措。最后，我又强调了一句："她真的很精神，相信过不了多久就能来公司了。"说完我便逃进了仓库。

虽然有来有回的对话令人愉快，但是跟住川女士说话实在太消耗体力了。我一边打包要送的货物，一边长出了一口气。且不说刚才那番话够不够委婉客气，反正住川女士应该不会去探望了。

我仿佛完成了一桩大事，正要放下心来，突然又想到，是不是应该告诉藤泽小姐，说住川女士不会去了？

如果没个准信，她在病房里提心吊胆的应该不好受吧。不，她知道我会帮忙拒绝，应该没关系。不过就算我拍着胸脯保证，她也不会相信吧。还是通知一声比较好。我拿出手机，发了一条信息。

然而，直到下班我都没等到藤泽小姐的回复。我还打了几次电话，也没人接听。难道她没带手机？算了，不管了。不对，让她一直提心吊胆的实在有点可怜。难道我还要再跑一趟医院，告诉她住川女士不去了？何况我还有轻卡和出租自行车这两种出行方式，觉得自己可靠了许多。嗯，就这样吧，反正临近春天的傍晚挺舒服的。

今天的工作也像平常一样顺利结束了。藤泽小姐离开三天，影响应该挺大的，但大家都自觉地分摊了她的工作。虽然上了年纪，但平西先生、铃木先生和住川女士都行动灵活，也不嫌麻烦。也许因为这样，无论栗田金属哪个员工没来上班，工作都不受影响。并非公司只有谁都能做的工作，有可能是每个人都特别能干。我依旧只做了自己的工作。身为公司最年轻的员工，这未免让我有点内疚。但是没办法，谁叫我有惊恐障碍呢。我默默地给自己找了借口，第一个离开公司。

本来还想开公司的车去，又怕住川女士猜到我要去医院探病，如此一来，只能骑车了。不过每次都得填写租车表单，未免有点麻烦。对了，干脆买一辆自行车吧。这两年我都没怎么花钱，自行车大可以说买就买。我觉得自己想到了特别好的主意，心情格外振奋，直接在回家的路上走进店里买了辆自行车。我买的是带车筐的款式，虽然有点丑，但至少能装东西。如果不看外表，这辆车轻便又结实，很适合骑行。灰色车身配藏蓝色座包，颜色也挺好看。

我马上跨了上去。这是我自己的车，可以大大方方地用。尽管已经这个年纪了，新买大件物品还是会感到兴奋。骑车去医院要三十分钟，正好让我运动运动。上回骑车疲惫是因为时隔已久，这次就轻松很多了。

来到医院，我先去一楼小卖部买了些饮料，然后才上了病房。

"藤泽小姐，我进来啦。"

我先打了声招呼，然后拉开床帘，藤泽小姐惊呼了一声：

"哎，山添君。"

她下了床，正在收拾架子，看起来跟平常没什么两样了。

"我来告诉你，今天住川女士不来了。之前我给你发过消息，但是你没有回复。你是不是没带手机啊？"

"啊，这里是医院，我手机关了机一直放在包里……不好意思，麻烦你了。"

我也猜到是这样，不过算了，今天买到了自行车，我心情特别好。

"嗯，没关系。"

"你还专门跑一趟，真是谢谢了……嗯，那算了。"

藤泽小姐说着，坐在了床上。

"什么那算了？"

我被她邀请，坐在了折叠椅上。

"我猜山添君肯定说不好，住川女士还是会来。如果她要来，肯定是下班以后，所以我正在整理环境呢。刚才牙刷和毛巾啥的都扔着没收拾。"

"你挺精神啊。"

"嗯，我很好，现在能到处走动，可以到谈话室或者楼层里散步了。吃饭也换成了普通的饭菜。"

"这样啊,那你挑一个吧。"

我把从小卖部买的饮料摆到了桌上。

苹果汁、水动乐、茉莉花茶、麦茶,藤泽小姐高兴地说:"哇,好难挑啊。"最后她选了苹果汁。我拿起麦茶,把其他饮料放进了冰箱。

"山添君今天也开轻卡过来的?"

"不,我买了自行车。"

听见自己的声音充满自豪,我忍不住笑了。藤泽小姐也跟着笑了,还拍着手说:"太厉害了!"

"自行车太方便了,它比走路快,又没有封闭感。其实我初高中时都是骑车上学,以前特别喜欢骑车。"

"这样啊。"

"自从得了惊恐障碍,这是我买的最贵的大件,无论是价钱还是体积。"

"哇,那你真爽快啊。"

"三站的距离,我骑车三十分钟就到了。"

"这么快?"

"虽然是有车筐的款式,但也很好骑。"

不过是买了一辆自行车，藤泽小姐却夸了我好几遍。所以，我也变得比平时话更多了。

因为惊恐障碍，我忘却了许多事情。但是在这不到半年的时间里，我又渐渐想起来了。我喜欢听皇后乐队，喜欢和式点心，还很擅长骑行。同时，我也进一步认识到了自己无能为力的事情。我无法去看电影，无法坐电车。

但是，我有别的办法。

就算去不了理发店，我也能在家剪头发；就算进不了电影院，我也能在家吃爆米花、听原声碟；就算坐不了电车，我还可以骑车。很多时候，这些都不是简单的替代，而是加倍的快乐。

医院广播探视时间结束后，藤泽小姐把我送到了电梯口。

"电梯没问题吧？应该也有楼梯。"

"我走楼梯吧。藤泽小姐你没事吗？别勉强自己。"

"就是动起来伤口会痛，没别的问题。"

"人体真的好厉害啊。"

"就是呀，得了阑尾炎，肚子开了洞做手术，也只要三天，就能恢复了。"

"虽然不能恢复如初，但我们还是有治愈的力量呢。"

"嗯，对啊。"

藤泽小姐咧嘴一笑。

"那晚安。"

"晚安。"

我对挥手道别的藤泽小姐低头行礼，转身走向楼梯。

只要努力想办法，总能来到那个人的身边。这一定是藤泽小姐教给我的道理。

"我后天就出院了，要不了这么多。山添君，你拿回家喝吧。"

藤泽小姐塞给我的这些饮料，应该都是从冰箱里拿出来的，这比我上次带过去的还多。与藤泽小姐在那样的空间——用床帘隔开的狭窄的病床空间——共处，我感觉不到紧张和压迫。

我想起那个天寒地冻的十一月的周六，藤泽小姐来给我剪头发，从包里掏出手持式吸尘器和垃圾袋。我并非感叹她总能做出这种异想天开的事，而是赫然发现，自己原来很喜欢这样的藤泽小姐。

17

出院那天，天气晴朗舒适，和煦的阳光倾洒在病房中。尽管只在医院待了五天，我已经无比想念外面的空气了。虽然不是什么大病，但一直待在封闭的空间里，还是会令人心情沮丧。

我住的虽是四人间，但只有一个病友。几次碰面下来，我猜测那个人应该比我年长十岁。因为病房门口贴着姓名，所以我知道她叫什么，但对她的了解也就只有这么多。我不知道她的病是否严重，不知道她住院多久了，什么时候出院。我不知道任何让她待在这里的信息，虽然从早到晚都生活在一个房间里，但我们只会在碰面时互相点点头，并没有深入来往。

做完最后一次诊疗，整理好床铺，经护士提醒查看了是否遗漏东西，接着只要到楼下结账，我就能出院了。我真的能直接离开吗？毕竟是第一次住院，我不清楚这种时候是否该跟同病房的人打声招呼。什么都不说就离开会不会没礼貌？特意告知自己比她先出院会不会显得在炫耀？由于完全看不出对方的立场和心情，我不知该如何是好。这种时候，什么都不做也许是最好的选择。

拂晓的一切

我收拾着最后的行李，心里正纠结着，突然听见了山添君的声音。

"啊，赶上了。"

他走进了病房。不知是不是因为赶路，山添君的脸有点发红。

"怎么了？我马上就出院了呀。"

"我知道，所以我来接你了。我骑车来的，但至少能帮你拿行李。"

"行李？"

睡衣是医院的，我只需要带走毛巾、内衣和牙刷，这些只装了一个纸袋。我已经能自由活动了，自己也能拎。因为完全不需要帮忙，我甚至没让妈妈来。

"我打算坐出租车回去的……所以没关系。"

"但你也要下楼啊，而且你是住楼房吧。家里在几楼？"

"三楼。"

"那提上楼肯定很辛苦吧。"

"会吗？"

手术的刀口是有点痛，但那不算什么。一个纸袋我还是拎得动的。

"你要是提上出租车就没意义了,我直接把行李用自行车运过去吧。"

"不用啦。我已经好了,出租车比自行车轻松啊。"

"没关系,我的车有车筐。"

山添君拿起放在椅子上的纸袋,又说:"啊,请把地址告诉我。"

"你真的不用这么麻烦……"

"我来都来了,快把地址告诉我吧。"

被他这么一催,我只好说了地址。

"那我就把纸袋放在你家门口,你慢慢来吧。啊,还有这个。"

山添君递给我一个小信封。

"这是什么?"

"电视卡,这里的冰箱也要刷它吧。"

他压低声音说。

"是啊。"

就算不怎么看电视,使用医院的冰箱也需要电视卡。结果我不得不买了好几张。

"藤泽小姐,卡里面还有额度吗?"

"额度还够看三个多小时。"

"我猜也是，看你就不像会计划着刚好用完的人。"

什么意思啊？我皱起了眉。

"你可以把剩下的一块儿装进信封里，送给病友时顺便打声招呼说先回去了。我猜你肯定在考虑这个问题吧。"

说完，他拎着我的行李走向门口。

"那我先走了。"

"你……"

我还没反应过来，山添君已经没影了。

他刚才搞什么啊？现在是早上十点，山添君突然出现，还没等我从惊讶中回过神来，他又拿着我的行李走了，留下一个信封。他动作有这么快吗？自行车是可以如此自由移动的交通工具吗？我心里嘀咕着，打开了信封，里面装着两张一千日元额度的电视卡。我可以说："母亲和同事每次来探病都帮我买，结果没用完。"这样应该就能把卡送出去，又不给对方造成负担了。正如山添君所说，这的确是我会考虑的事情。我每次送礼物，总会绞尽脑汁避免给别人造成负担，最后选一些实用又不怎么起眼的东西。

不过话说回来，电视卡好像的确是最佳选择。因为食物可能会引起过敏反应，或者违反医嘱，书和毛巾也有个人喜好差别。电视卡只是手掌大小的卡片，用不完还能退钱，一点都不会浪费。送礼物的时候还能顺便打招呼。

"那个……我今天就出院了，这个请您收下吧。"

我向对床说了一声。

"这样啊。"

她拉开了床帘。

"对不起，突然打扰您。"

"没关系。"

她在床上坐直了身子。

"我这儿剩下一些电视卡……您不介意的话，请收下吧。"

我把信封递了过去。

"啊，那太好了。真的可以吗？"

那个人微笑着说。

"只是用剩下的，实在是不好意思。"

"没关系，我正需要呢。你要出院了吧，恭喜啊。"

"谢谢。"

我微微低下了头。

"我下周四也能出院了。"

"这样啊。"

得知她不久之后也能出院,我松了口气。

"天气还很冷,你出去时注意保暖。突然动起来可能会痛,凡事都请慢慢来。"

第一次对话的陌生人,竟让我莫名感动。

"我会小心的,谢谢您。那我走了……"

"保重。"

她微微一笑,对我点点头。

虽然只是说了几句话,我还是感到清爽了许多,仿佛那几句话彻底解开了我的心结,这下我能痛痛快快地出院了。我高高兴兴地走出病房,接着叹了口气。我得慢点回去,因为自行车肯定跑不过出租车。我看了一眼时钟,山添君刚离开不到二十分钟。要不我休息休息再走吧。我结了账,坐在大厅喝了一瓶从自动售货机买的茉莉花茶,然后走出了医院。

不知是因为一直卧床还是刚做完手术,走到外面的那一刻,我感到有些眩晕,连三月和煦的阳光都显得格外刺眼。短短五天时间,季节已经变了一副模样。微风、阳光、冒出新绿的草木,空气中充满了春天的气息。

我坐上停在医院门口的出租车回到家，房子门前放着一个纸袋。太好了，没有赶在他前面到达。我为这奇怪的小细节长出一口气，提着纸袋和旁边的便利店口袋走进了房间。袋子上用马克笔写着"祝贺出院"。

山添君对疾病的判断实在令人费解。以前我把惊恐障碍和PMS等同起来，他好像很生气，现在又因为小小的阑尾炎在我出院这天赶过来，甚至为我庆祝。不过有人为我庆祝，我还是很高兴的。袋子里装着五种不同种类的果冻。

周六当天，我简单收拾了一下屋子，接下来的时光就无所事事地度过了。也许手术的影响比我想象的更大，只要稍微动一动，身体就会感到疲劳。第二天我一直睡到了下午，睡醒后吃了点果冻，依旧浑浑噩噩地过完了一天。

虽然我很想尽快翻篇，不过身体慢慢恢复的感觉倒也不坏。那天我肚子突然很痛，惴惴不安地住进医院，得知只是阑尾炎后松了一口气，结果第二天就要手术了。一个很简单的手术就让我无法自由行动，但两天后就能下床走动，这让我不由得感叹身体真的比我想象的更坚强。

接着我又开始感叹，山添君已经能骑自行车了呀。究竟是什么让他有了改变？得到步行以外的出行方式，对山添君来说是个很大的变化。我也希望自己能找到什么东西，让我能够移动的。想着想着，我突然记起一件事，因为阑尾炎我都忘了，其实我知道是谁送的护身符了。

叫什么来着？我想起那天山添君给我看的公司主页，公司名称好像是什么品质。我打开电脑连接上网络，检索了一下，品质S&M，没错，就是这个公司。

是这里面的某个人送了护身符给山添君。现在还惦记着只在那里工作了半年的新员工，肯定是个很好的公司吧。不过山添君自己也说过，他在那个公司非常努力，所以至今有人惦记着他一点都不奇怪。

页面上的公司照片洋溢着活力与和谐，既然能登在公司主页上，这也是理所当然的。上面写着他们十二月去了伊势神宫，照片下方还有一行字："祈祷公司今后发展顺利，祝愿大家幸福安康。"

送护身符的人是否知道，他的祈祷已经传达给了山添君呢。从山添君跟我讲他以前上司的模样来看，那个人显然是深受爱戴的领导。我想，至少应该让他知道山添君已经收到了护身符吧。不过，这也许是多管闲事。我脑海中浮现出山添君的脸，他皱着眉对我说："藤泽小姐又多管闲事了。"不过话说回来，山添君虽然总是表情淡漠，实际上也是个多管闲事的性格。他几乎天天都往我的病房跑，最后还替我买了电视卡，帮我拎了行李。

我擅自想了个咱俩彼此彼此的借口，给他以前的公司的咨询邮箱发了一封邮件，告诉对方山添君已经收到了护身符，而我是他的同事，一直在关注着他。明明是周日，我却在当天傍晚收到了回复。

藤泽女士：

感谢您的来信。我姓辻本，是山添君以前的同事。去年年底，公司组织员工去伊势神宫，因为机会难得，我就请了一些护身符，也给山添君寄了一份。

另外，前几天我接到了山添君的来信，说的也是这件事。

他在信中说，新的公司有许多善解人意的同事，让他能够安心工作，并且今后还希望能多做一些贡献。

得知他能够在这么好的环境里工作，我终于放心了。

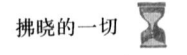

请你以后多多关照山添君。

怎么回事？我反复看了好几遍那封回复。山添君给送护身符的人写了信？他在我面前不是一副无所谓的样子吗？

但是，从这封简短的回复中，我就能看出山添君在信中融入了什么样的感情。伊势神宫和日吉神社的庇护，上一份工作和现在这份工作的上司的祈愿，护身符的效果可谓拔群。

18

三月下旬，藤泽小姐已经回来上班了，栗田金属又恢复了往常的状态。原本还有一丝寒冷的风渐渐变暖，社长还提了一句差不多该把暖炉收起来了。又是一年春天，从小学起，可能是因为新年度的习惯，临近四月这段时间总比新年更让我振奋。

"山添君，你最近脸色很不错啊。"

吃中午饭时，社长对我说。

"是吗？"

"是不是开始做运动了？比如散步什么的。感觉你身上的肉结实了不少呢。"

"运动……？"

我心里正疑惑，坐在我旁边的平西先生也调侃道："山添君是结实了不少，你背着我们偷偷锻炼了？别藏着掖着，快坦白交代。"

"我什么都没做，就是最近开始骑自行车上班了。可能是因为这个吧。"

"哦？原来骑自行车对身体这么好啊。正好，最近我这肚子都挺出来了，要不也骑骑车吧。"

我只是把走路改成了骑车，运动量没有太大变化。不过，自行车的行动范围更广，速度也更快。也许这让我无形中增添了一些自信。自从得了惊恐障碍，我就一直缺乏运动，这下可能多少有些改善。然而我开始骑车也不过十天左右，还没有肉眼可见的变化。社长竟能随口说出来，看来他比我想象的更敏锐。本以为他只是个慢慢悠悠的性格，其实很有力量。不，不只是社长。栗田金属只是没有提高业绩的目标要求，并非这里的员工能力不强。

藤泽小姐请假期间，公司的业务完全没受到影响。此前我一直以为，有人请假之所以不影响工作，是因为每个人的工作量有限，而且都是谁都能做的事情。但藤泽小姐平时除了负责后勤杂务，还要负责接待客户，总是忙忙碌碌的。她整整四天不在，公司应该会手忙脚乱才对，但实际上，工作并没有受到影响。后勤工作被住川女士包揽了，接待客户由社长负责，而他们手头的工作则由铃木先生和平西先生分担。就这样，藤泽小姐的工作自然而然被覆盖了，而覆盖这些工作的人自己恐怕都没有注意到。他们只是从不炫耀自己干了多少活，有多么努力，其实栗田金属里都是些很有能力，或者说至少比我有能力的人。我以前就隐约察觉到了这一点，只是因为这次藤泽小姐请假，才最终肯定了。

我曾经想过，对患有惊恐障碍的自己来说，这是个令人舒适的职场环境，同时也是个没有成就感的无聊的环境。现在看来，那实在是个极其傲慢的想法。患有惊恐障碍的我，总是畏首畏尾的藤泽小姐，都能轻松地在这里工作，那绝不是因为工作本身很轻松，而是栗田金属的人为我们创造了轻松的环境。

我写信给辻本课长表示感谢后，他给我回了一封信，上面写着：

无论换到什么样的环境，我都能想象出山添君在那里高高兴兴工作的模样。我想，即便是无法自由行动的状态，你的心一定也总是充满了激情。

辻本课长所熟悉的我跟现在的我截然不同。我做不好工作、动作很慢、脑子不灵光，连沟通能力都只有以前的十分之一。

可是，我喜欢工作。骑自行车、吃和式点心、听音乐，正如我喜欢这些，我也同样喜欢这份工作。慢慢学会一种新的技能，将内心的想法打造成型，这个过程对我而言是无上的快乐。

我有惊恐障碍，我无法参与集体行动，无法坐电车，也无法任外面吃饭。我不需要勉强自己做不擅长的事情。如果因此而痛苦不堪，只会让症状加剧。就这样，我慢慢割舍了很多东西。可是，我并不需要放弃自己喜欢的东西，因为还有人在默默为我祈祷。

"对了，谢谢您送的护身符。"

社长吃完红豆包，正要拆开奶油包时，我说了一句。

"护身符……哦，呃，那是……"

社长像个被大人发现恶作剧的孩子，不好意思地挠了挠头。

"我一直放在包里带着走。"

"那太好了。哦对了，那天我塞护身符的时候，不小心把自己的也塞进去了。虽然很不好意思，但我还是打开了山添君家的邮箱，结果看到里面还有别的护身符。我见那护身符也没个东西包着，就一块儿放进袋子里了。"

"谢谢您。"

"山添君，你收了不少护身符呢。"

"嗯……"

"有那么多人惦记着你，这很厉害呀。我从来没收到过别人给的护身符，好羡慕你啊。"

说完，社长又笑着补充道："谁叫我是个老大爷呢。"

收到护身符我很感激,有人惦记着我,我也很高兴。可是,我才二十多岁,比起过去,我未来的日子更长。而且,我还能靠自己的力量行动,不能光让别人为我祈祷。

"策划案?山添君要做吗?"

周五下班路上,我推着自行车,走在藤泽小姐旁边。

"说策划案可能有点夸张了,我只是想把觉得有意思的想法列举出来而已。"

"有点厉害啊。"

"其实八字还没一撇呢。"

"你怎么突然这么有干劲了?"

"因为上回社长说我身体变结实了,脸色也好了。"

藤泽小姐上下打量了我一番,疑惑地说:"真的吗?"

"你还是这么没礼貌。不过我也没看出来有什么变化,可能因为骑了几次自行车,看起来比以前健康了一些吧。"

"原来如此,看来保持运动很重要啊。然后呢?"

"我觉得社长真厉害,连一个员工这么微小的改变都能发现。"

"因为他很善良啊。"

"只是善良可发现不了那么小的变化。社长是个很敏锐、很能干的人。"

"是吗?"

藤泽小姐一脸无法相信的样子。不过社长平时总是一副优哉游哉的模样,确实容易让人误以为他只有性情温和这个优点。

"是的。栗田金属的社长是个宽容而有能力的人,员工的工作能力也都很强。那是一个很有潜力的公司。"

"谁的工作能力很强啊?"

"所有人。"

藤泽小姐闻言,耸了耸肩:"别把我算进去啊。"

"上次藤泽小姐不是请了四天假吗?可是公司照样正常运转,一点问题都没有。"

"那当然了,我又没做什么大不了的工作。"

"不对,藤泽小姐做了很多工作。你不在的时候,人家都主动分担了一些,结果谁也没有感到过重的负担。"

"原来是这样啊。"

"你别看平西先生六十多岁了,他的动作特别轻巧,他还记得所有合作商的生日呢。铃木先生很熟悉公司的商品,给他一根钉子,他都能讲三十分钟。"

"好厉害。"

藤泽小姐瞪大眼睛看着我。

"对吧,我也吓了一跳。"

"不对。我知道铃木先生很熟悉商品,也知道平西先生跟合作商很亲近,我只是惊讶,原来山添君也知道这些事。你跟大家聊了那么多呀。"

"不,我没怎么聊,只是听大家在公司里聊才知道的。"

"你竟然对别人这么好奇,真的好不像之前的山添君哟。"

那是什么意思?不过她说这话时看起来很高兴,应该是在夸奖我吧。

"所以,我准备想几个方法。"

"方法?"

"让公司发展壮大的方法。"

"比如什么?"

果然不出我所料,藤泽小姐露出了期待的表情。

"栗田金属规模虽小,但商品种类很多,包括钉子,还有板材。"

"是吗?"

"我觉得很多商品不仅能吸引五金店和日用杂货店，还能吸引普通顾客。专业的产品光是看看都很有意思，更何况现在喜欢做手工的人越来越多了。"

"原来如此。"

"如果每个月选一两个周日或者什么日子，开放公司的仓库供人参观应该是个好主意。毕竟一般人很难看到仓库里的商品，肯定会比较好奇。"

"嗯嗯，是个好主意。"

"因为周日要上班，藤泽小姐工作日也就能休息了。"

"啊？为什么你定了我周日上班啊？"

"这种事就让我们年轻人做吧。不过话虽然这么说，社长应该也会来。作为交换，藤泽小姐的 PMS 快来的时候，就可以休息两天了。栗田金属是很关照员工的公司嘛。"

"原来你想了这么多啊。可是这样不会很麻烦吗？"

"跟单个顾客打交道应该不会有大宗交易，工作量只会在现有的基础上稍微增加，几乎不会形成负担。"

"山添君，你好厉害啊。真的，好厉害。"

听藤泽小姐把一句话说了两遍，让我内心的感觉更确定了。

"我真的很喜欢工作。"

"嗯,我懂。"

"你也一样吧?"

"我?不知道呢……"

她的回答很不肯定,可她能在休息日跑去整理办公室,肯定不讨厌工作。

"啊,仓库的布局可能要做点改变,把业务用和单个顾客可能喜欢的商品做个分区。还有,开放日选在周六可能比较好吧。因为很多人一般是周六采购,周日开工。"

"有道理。那我们把方案弄具体一点,再跟社长说吧。"

"嗯,社长应该会很高兴吧。"

"希望如此。"

模糊的想法一旦说出口,就有了具体的形状。茫然的主意一旦与人共享,就有了方向。而且跟藤泽小姐说完,我觉得自己真的能行。

"那回头见。"

"嗯,再见。"

走到车站,我目送她过了检票口,自己也跨上了自行车。

19

既不能丧失了仓库的气氛，也不能搞得过于煞风景，让人不敢进来。虽然很想在门口放块充当招牌的东西，但也要避免廉价感。关键在于要营造一个什么样的氛围。而且，宣传必须先行。我和山添君勉强能做出个主页来，但要让附近的人都知道这个活动，也许做传单的效果更好。

一开始思考这些，我就觉得很开心。

不工作就没饭吃，没有工作就过不了日子，所以我才上班工作。但是，工作带给我的不止这些。哪怕只有微小的力量，我也希望能有所贡献。我想把自己的思考变成确定的形式，工作能够满足我的这种需求。我感觉，工作能让摆在我眼前的漫长的时光变得更有意义。

我本来认为栗田金属的优点在于环境平和，让人心情舒畅。我还做了一番自以为是的分析，认为这份工作最适合自己。可是我又怀揣着不安，不知道自己是否应该一直这样干到退休。如果一直这样，总有点不足够。我心里明明有这个想法，为什么从没有行动过呢？如果只是一点小错，社长完全不会生气。因为公司规模小，我能接触到各种各样的工作内容。我希望别人觉得我工作认真，但从不希望别人觉得我在卖弄。我一直努力让自己保持中庸，就这么白白地放过了许多让工作更有价值的机会。

"在报纸里夹传单的价格是一张三日元啊，还挺贵的，而且现在没什么人订报纸吧。"

"也对。不如我们自己在周围散散步，顺便发发传单吧。还可以去跟超市的人商量，看能不能在店里贴传单。不过要先看看能拿出多少宣传费用。"

山添君说完想法的第二天是周六。我走进办公室，发现他也在。我们并没有对此表示惊讶，而是早上一起画了仓库的平面图，然后在办公室边吃午饭边想宣传方法。

"对了，社长在面试你的时候，好像说过你有咨询公司的经验，今后栗田金属就拜托你了这种话吧？"

"是吗？"

"他应该没想到真的能实现吧。"

"面试的时候我很不舒服，脑子昏昏沉沉的，一点都不记得说过什么了。"

山添君吃着饭团说道。

"这也能让你入职啊。"

"社长有发现人才的能力。"

他一说完,我们俩都笑了。

"藤泽小姐有 PMS,我有惊恐障碍。我一直以为这个公司没有增长业绩的需求,才会像做慈善一样招人,这种想法真是太冒犯了。"

"难道不是吗?"

其实我也这么想。因为我坦白了 PMS 的问题后,只有栗田金属通过了我的面试。反正应聘的人要多少有多少,谁会上赶着招一个动不动就发火,毫无征兆就请假的人呢。我一直以为只是社长同情我没有去处,才收留了我。

"栗田金属毕竟不是做慈善事业的,招聘我们自然会期待成果。"

"嗯,毕竟给我们发工资了。"

"这个公司除了我们俩,都是六十岁上下的人。这种时候突然招两个年轻人,还是社招,肯定是想给公司带来一些变化吧。"

"真的有那种想法吗?"

我喝着热茶说道。我自己从未往那方面想过，我猜，其实社长也一样。他顶多会想，多几个年轻人热闹一些。

"要在温和的环境中舒舒服服地活着，我们俩还太年轻了。"

山添君说完，打开了电脑，他要为公司做个主页。

"你可别突然铆起劲来干活，累着自己啊。"

"我没有勉强自己。本来我就打算双休日上班后，跟社长提出工作日调休。自由的工作环境现在可是能大大提高公司的形象呢。"

"原来是这样啊。"

山添君之前说，他记起了自己喜欢的东西——和式点心、自行车，还有工作。重新得到这些后，山添君看起来特别轻快。

那我以前喜欢什么呢？我刚走上社会时，都想做些什么呢？

看电影、改变房间布置，这些都是我比较喜欢的事情。可是，我从未有过可以称得上希望的东西。我想跟他人好好相处，过平平淡淡的生活。我想避开自己不喜欢的事物，尽量不让自己不开心。每当一天结束，每当周末到来，我都会松一口气。我一直就是这样生活的。我有不想做的事情，可是，我有过想做的事情吗？

"藤泽小姐喜欢让别人高兴。"

我正呆呆地想着,山添君在旁边说道。

"什么意思?"

"如果我说你很在乎别人的评价,喜欢讨好别人,这话可能不太好听。但事实上,藤泽小姐只是喜欢让别人高兴而已。你没有唯唯诺诺地讨好别人,而是因为喜欢才这么做的。"

"真的吗?"

"如果不喜欢,又怎么会做到这个地步呢?"

山添君指着摆在桌上的午饭说。

"那些怎么了?"

"你不是超乎寻常的大胃王吧?我也不是。其实你买这些的时候,一直在考虑我想吃什么吧。"

我在便利店和面包屋买东西时,确实考虑到了山添君可能也会来公司,但尽管如此,这些东西对两个人来说还是太多了。话虽然这么说,可我买东西的时候并没有想那么深,我只是觉得山添君可能很挑食,怕他抱怨,才不小心买多了。

"我最喜欢的和式点心就是樱饼。"

看见山添君笑着说出这句话,我觉得这些都值了。

是为了不让人扫兴，还是为了让人高兴？我也不清楚自己这些行动的根源是什么。我不想被人讨厌，如果只是这样，那就太卑微了。若是说成我并没有故意讨好，而是因为喜欢才这么做，心情顿时就轻松了许多。

"如果能这样想，我好像就不那么讨厌自己了呢。"

"虽然也没必要勉强自己喜欢上。"

山添君等不及吃完主食，就拆开了樱饼。

"是吗？可喜欢自己应该是最基本的吧。不是总有人说，不爱自己的人也爱不了别人吗？"

"如果那种道理真的大行其道，就会有很多人不在乎他人。应该是你听错了吧。"

"怎么可能？"

从上小学开始，就不知有多少人对我说过要首先喜欢上自己。连歌曲和小说都劝人们喜欢上真实的自己，只有爱自己的人，才有能力爱别人。

"我就很讨厌自己。因为我胆小，将来又没有希望。没有一点能让我喜欢的要素。"

山添君转过来对我说。

"你不用这么悲观啊。"

"我没有悲观,只是单纯不喜欢章鱼和不喜欢自己。不过,我可以喜欢上藤泽小姐。"

"啊?"

"哪怕讨厌自己,我也能喜欢上藤泽小姐。"

他的意思是,他喜欢我?他在对我表白吗?不对,但是这说不过去啊。

"等等,你再说清楚一点。"

"啊,我很讨厌章鱼。章鱼太丑了,吃起来又像嚼橡胶,无论怎么做,我都吃不下去。"

"那个不重要,你说你喜欢我。"

"不对,不是喜欢你,我是说我可以喜欢上藤泽小姐。"

"可以喜欢上",我没有听错,他说的果然是可能态。

"我真不懂你这句话究竟是得罪人还是招人喜欢。"

"是吗?我可没说你不好。啊,对了,金属不是很硬嘛,做成这样如何?"

山添君在草稿纸上写写画画了一番,然后拿给我看。那是栗田金属的花体字。

"哦。"

"你喜欢吗？"

"嗯，还可以吧。"

"可以喜欢上"，这句话里究竟包含着什么样的心情。不过，我也一样。我不是快要喜欢上山添君，而是可以喜欢上。我觉得是这样的。

20

我跟藤泽小姐趁双休日总结好了方案内容，周一等大家下班后，向社长提交了方案。本来我想叫上藤泽小姐一起找社长，她却说"那是山添君的工作啊"，自己一个人先跑了。

"厉害，嗯，真厉害。"

社长听完我的汇报，连连感叹，比我想象的还要高兴。

"不过恐怕要一整年才能走上正轨。"

"没关系。人在思考这些的时候会充满期待，我们这个全是老家伙的公司也能因此焕发活力啦。"

"那太好了，不过宣传这块我想尽快开始。"

"有道理，可是山添君啊，你可别太勉强自己了。"

"没关系的。"

"连休息日都来上班，千万要注意别累坏了啊。毕竟咱们公司给的钱不多，唯一的优点就是没有压力嘛。"

社长虽然这么说，但我认为，无论工作再怎么增加，栗田金属都不会让人感到有压力。

"虽说是开放仓库,但也不会变得很忙。再说了,工作难度大并不代表会有压力。"

"嗯,闲着没事的确很无聊,克服困难也确实能让人有成就感。话虽如此,你也要注意调节哟。"

"知道了。"

"太辛苦了可不好。"

社长听我汇报时明明很兴奋,现在却非常慎重。我很明白他不愿意向前冲的心情,但是正因为如此,我才想说服他。

"这个工作我可以乐在其中,一点都不痛苦,请您不用担心。"

"但是人的身体会在不知不觉中感到负担,而且一旦投入进去,就会不自觉地勉强自己啊。"

"我没问题的。"

听了社长平静的劝说,我还是斩钉截铁地说。

"你?"

社长反问道。

"社长一定是想到了副社长……想到了您弟弟吧?"

我不知道是否应该提及这件事,但我现在已经下定决心,要一直在这家公司做下去。既然如此,那我应该也可以进一步接触社长和栗田金属。

"……哦,是吗?嗯,有可能。"

"您弟弟怎么了?如果不介意的话,您可以说说吗?"

我看了看社长的脸,深深的皱纹和古井无波的双眸。那双眼睛总能让我分外安心。

社长给我和他自己倒了一杯茶,说起了栗田金属曾经的忙碌,大家没日没夜地工作,还有他弟弟去世的事情。他弟弟感到身体不舒服,却一心忙于工作,迟迟没有去医院检查,等到真正去看诊时已经晚了。那时他弟弟才五十岁。说这些时,社长的声音很平静,看来这些年已经慢慢接受了这件事。

"那不能怪工作。"

听他说完,我这样说道。

"啊?"

"您弟弟是因为得病去世的,他应该早点去医院检查。这当然是事实,但他并不是因为栗田金属而去世的。"

我能猜到弟弟的去世对他有催化作用,但社长包容一切的温柔并非源于悲伤和后悔。

他那稳如磐石的宽厚与温柔,是深深扎根在内心深处的东西。

在这样的社长手下工作，绝不会损耗生命。

"是吗？"

"当然是的。"

"山添君在奇怪的地方很有自信呢。"

社长笑着说。

"因为这是事实。我没见过副社长，也不了解当时的栗田金属。但我熟悉社长，也熟悉平西先生、铃木先生和住川女士。栗田金属的工作应该不会让人感到痛苦。"

"如果是这样，就真的太好了。嗯，真的。"

社长点点头。

"请让我试试吧，我喜欢工作。我跟副社长一样，喜欢在栗田金属工作。"

"我能看出来。"

"那我明天就开始，可以吗？"

"当然，不过前提是山添君自己能受得了。"

"没问题。当我专注于一件事时，病就很难发作。"

听了我的话，社长缓缓露出微笑，然后说：

"开放仓库，嗯，挺有意思的。能不能让我也掺一腿？起步阶段可以试试邀请合作商的家人来参观，然后慢慢向外扩散……啊，不好意思，我这老头子多管闲事，你也不好做吧。"

"不，我和藤泽小姐已经预料到社长会一起干了。"

"真斗不过你们啊。"

社长大笑了几声。

"山添君啊，怎么说呢，嗯……我说你的沟通能力啊，真的挺不错。"

"沟通能力？"

"是啊，能让我把弟弟的事都抖搂出来，还预测了我的行动。"

社长饶有兴致地说。

过去，我跟什么人都能亲近，还特别健谈。我喜欢结识新朋友，也喜欢跟大家在一起，那时很多人评价我外向。与之相比，现在的我交谈量连以前的一半都没有，朋友圈子也不大，反倒回避跟人接触。

不过，以前的我明知道接下来是一段悲伤的故事，还能推进交谈吗？我能如此自然地谈论自己犯病的事情吗？以前的我很会讲笑话，跟大家一起笑。可是，我从未跟别人展开过像现在这样的对话。

"好期待啊。下周末选一天,大家一起整理仓库,下下周就试营业吧?"

社长站起来翻着日历。他刚才还叫我别勉强吧,我险些笑出声来。

"这么快啊。"

"哦,是吗?抱歉抱歉。"

"不,就这样吧。试营业那天请合作商的家人来参观,根据他们的意见进行改善,然后在黄金周第一天正式开放,这样可以吧。"

"哦,是挺不错。那应该邀请……"

社长翻开了记事本。

"我先做一批试营业用的传单,再选一些可能吸引客人的商品吧。"

我也打开了电脑。

"我们家没有加班费哟。"

"知道。等工作不那么忙的时候,我就迟到早退当作调休了。"

"那就周二、周三或者周四……好像我们一直很闲啊。算了,你随便休息,千万别客气。"

"好的。那个……您知道合作商家人的年龄层吗？"

"这种事情平西先生最清楚了，因为他特别熟悉客户，就叫平西先生做吧。铃木先生本来就是工人，他可以给大家介绍好商品，让他来当顾问……"

社长已经开始给大家分配任务了。看来这人也很喜欢工作，我可不能输给他。这样想着，我开始敲打键盘。

*

三月的最后一天，我约了每月一次的心疗内科门诊。尽管每次的问诊内容都一样，但我不去就开不出药。在傍晚淡蓝色的天空下，我蹬起了自行车。

"身体还是没变化？"

"是的。"

"这怎么说呢，如果依赖度变高了，会很痛苦，要是情况还不错，不如试着慢慢减药吧。"

医生每次问完近况，都会给我同样的提议。平时我都会立刻摇头说"不用了"，因为我不在乎依赖不依赖，只要能降低发作的概率，我愿意一直吃药。反正这病一直没个头，我只要有药就满足了。

不过最近我也开始想,不被药物支配的自己究竟是什么样的呢?

不依靠赞安诺保持平静,不依靠赛乐特激发活力,而靠自身的意志行动。如果不再依赖药物,我是否能变回以前那样?

不,那不太一样。就算惊恐障碍被完全治愈了,我可能也不会像以前那样想跟朋友聚在一起,到处去玩。我本来对自己的人生没有任何疑问,现在却觉得回到从前有点不太对。那么,现在的我究竟是什么样的人?

"是啊……该怎么办呢?"

看我表现出犹豫,医生略显惊讶。

"看来你情况不错啊。"

"是吗?"

"脸色也好多了。"

"脸色……"

"是不是慢慢稳定下来了呢?"

我不禁愣愣地看着他,原来医生还会说这种话啊。

我一直以为心疗内科的医生会刻意不说出自己的意见和诊疗

结果，还以为他们的工作就是让我说话，观察我的情况，然后开处方。而今天，我好像是头一次听到了医生的想法。

"减药真的没问题吗？"

"也不是一下子减掉，慢慢来就好。如果效果不好，大不了恢复剂量嘛。"

医生若无其事地说。

我在网上看到过很多人的分享，都说断药很痛苦，一旦失败，就得折腾好久。我真的能做到吗？

"我听人说很辛苦……"

"听谁说的？"

"网上看的。"

"我猜也是。其实最容易看到的信息都来自那些声音最大的人。那并不是山添先生认识的人发表的意见，对吧？"

"话是这么说……"

"不然我们下一次门诊不要约在一个月后，改为一周后吧。这样一来，就可以更灵活地应对各种情况。"

医生提醒我到前台预约下一次门诊，然后就恢复了往常那平平淡淡的模样。

减药可能会导致发作更频繁,也可能让我更容易感到不安。我都不敢想象那种情况。不过更可怕的也许是自己惊恐于不知道何时会发生的事情,从而只能原地踏步。

我领了一周的药,每天的剂量只减少了零点四毫克。这是用手都掂量不出来的差别。为了这一点点差别,我花了整整两年时间。而且,我有可能还会回到不得不依赖这零点四毫克的日子里。

尽管如此,我现在还是想展示一下不被任何外物支配的自己。那个展示的对象,或许是藤泽小姐。

"好了,回家吧。"

我跨上自行车出发了。天空的颜色已经变为深蓝,我得在太阳完全下山前回去。夜色总是逼迫着我加快回家的脚步,但我现在已经知道,夕阳总会成为朝阳。

每蹬一下踏板,春风就会掠过身体。明天做点什么好呢?我蹬着自行车,展开了无限遐想。

YOAKE NO SUBETE by SEO Maiko
Copyright © 2021 SEO Maiko
All rights reserved.
Original Japanese edition published by SUIRINSHA and distributed by Bungeishunju Ltd., in 2021.
Chinese (in simplified character only) translation rights in PRC reserved by China South Booky Culture Media Co., Ltd., under the license granted by SEO Maiko, Japan arranged with SUIRINSHA, Japan through Bungeishunju Ltd., Japan and East West Culture & Media Co., Ltd., Japan.

© 中南博集天卷文化传媒有限公司。本书版权受法律保护。未经权利人许可，任何人不得以任何方式使用本书包括正文、插图、封面、版式等任何部分内容，违者将受到法律制裁。

著作权合同登记号：图字 18-2023-171

图书在版编目（CIP）数据

拂晓的一切 /（日）濑尾麻衣子著；吕灵芝译 . --
长沙：湖南文艺出版社，2023.9
ISBN 978-7-5726-1351-7

Ⅰ . ①拂… Ⅱ . ①濑… ②吕… Ⅲ . ①中篇小说－日本－现代 Ⅳ . ① I313.45

中国国家版本馆 CIP 数据核字（2023）第 145337 号

上架建议：畅销・日本文学

FUXIAO DE YIQIE
拂晓的一切

著　　者：	[日]濑尾麻衣子
译　　者：	吕灵芝
出 版 人：	陈新文
责任编辑：	吕苗莉
监　　制：	邢越超
策划编辑：	李彩萍
特约编辑：	周冬霞
版权支持：	金　哲
营销支持：	文刀刀
封面设计：	梁秋晨
版式设计：	潘雪琴
封面图片：	[日]水野朋子
内文排版：	百朗文化
出　　版：	湖南文艺出版社
	（长沙市雨花区东二环一段 508 号　邮编：410014）
网　　址：	www.hnwy.net
印　　刷：	三河市百盛印装有限公司
经　　销：	新华书店
开　　本：	875 mm×1230 mm　1/32
字　　数：	143 千字
印　　张：	8
版　　次：	2023 年 9 月第 1 版
印　　次：	2023 年 9 月第 1 次印刷
书　　号：	ISBN 978-7-5726-1351-7
定　　价：	49.80 元

若有质量问题，请致电质量监督电话：010-59096394
团购电话：010-59320018